カズオ・イシグロを読む

カズオ・イシグロを読む

Kazuo Ishiguro

三村尚央

Takahiro Mimura

水声社

カズオ・イシグロを読む――**目次**

II　モチーフ編

はじめに

本書ではカズオ・イシグロの作品群の全体像を理解するために、各作品に登場する主要なモチーフに着目しながら作品を読み解いてゆく。我々がイシグロの作品を読み進めてゆくうちにしばしば感じるのは、「この話、別の作品でも読んだ気がする」という感覚ではないだろうか。たしかに、彼の小説では類似したテーマや題材、モチーフがしばしば反復および変奏され、初めて読む作品であっても読者にこうした奇妙な既視感と同時に穏やかな親近感も与え、その作品世界へと導いてくれる。それはともすれば、自己模倣だという性急な批判の格好の餌食ともなりうるのだが、むしろイシグロがデビュー当初から自分の関心を誠実に追い続けてきた足跡でもある。たとえば、本書でも詳述するように、初期の代表作である『日の名残り』(*The Remains of the Day*, 1989)は、それまでの二作品でも展開されていたテーマが別の形で掘りさげられたものであることをインタビューで明らかにしており、批評家の中にはそれらを「非公式の三部作」(informal trilogy)と呼ぶ者もいる[1]。
小説家の村上春樹[2]はイシグロの作品世界について、「個々の作品がそれぞれにまわりにある他の作品を補完し、支えている」と形容して、そのようなスタイルで創作を続けるイシグロを、礼拝堂の天井や壁に巨大な絵を描く画家になぞらえる。それが孤独で時間もかかる、消耗も激しい「一生仕事」だとして、次のように続ける。

そして彼はその一部を描き上げるたびに、何年かに一度、我々にその完成された部分を公開する。そして我々は彼の宇宙のより広がった領域を、段階的に同時進行的に眺望することになる。それはスリリングな体験であり、同時にきわめて内省的な体験でもある。しかし我々はまだその全体像を俯瞰《ふかん》してはいない。そこに最終的にどのようなイメージが現れるのか、それがどのような感動や興奮を我々にもたらすことになるのか、知るべくもない。(二九四)

これは二〇一〇年に出版されたイシグロについての英語論集[3]に寄せられた序文(元の日本語文は一足早く二〇〇八年に発表)であるが、村上の提示するイシグロの作品世界のイメージは現在においても有効だろう。その後、『忘れられた巨人』(二〇一五年)と『クララとお日さま』(二〇二一年)が発表されて我々を驚かせ、心を動かし続けている。

本書の目的と構成

本書はカズオ・イシグロの作品をいくつか読んだことがある、あるいはその名前は聞いたことがあるがこれから読んでみるという方から、原著でもすべて読破している方、また「読んでみたけど、何が面白いのか分からなかった」という方までを対象に、個々の作品だけではなく、それらを生み出すイシグロの思索の土壌ともいえる要素にも眼を向けてゆきたいと思っている。本書の主要な記述は網羅的な研究書というよりも広く一般向けのものを目指しており、各読者がイシグロ作品の世界に分け入って、新たな発見を得るためのガイドとなるように構成されている。それとともに、いわゆる文学研究に携わる方々（学生や大学院生たち）にも使えそうな国内外の基本文献＋αも紹介しているのでご活用いただきたい。また本書の末尾では今後のイシグロ研究の方向性についての印象も記せればと思う。

（1） Barry Lewis, *Kazuo Ishiguro*. Manchester UP, 2000, p. 133.

（2） 村上春樹「カズオ・イシグロのような同時代作家を持つこと」、『雑文集』新潮社、二〇一一年、二九二―二九五頁。また、このフレーズの紹介から始まる日吉信貴『カズオ・イシグロ入門』（立東舎、二〇一七年）は、イシグロのノーベル文学賞受賞発表後間を置かず出版されたイシグロへの親切な導入となっている。なお、以下、引用文の末尾に付した数字は引用元の頁数を示す。

（3） Sean Matthews and Sebastian Groes (editors), *Kazuo Ishiguro: Contemporary Critical Perspectives*. Continuum, 2009.

まず第I部では彼の個々の長篇作品を出版年順に解題しながら、それらの中で繰り返される中心的なテーマを検証するとともに作品同士の関連性も確認する。まず①では『遠い山なみの光』で反復される、得体の知れない「川向こうの女」というモチーフに注目することで、作品の主要な主題が変奏されながら多層的に重ね合わせられる、以降の作品でも用いられる叙述手法を検証する。次に②では『浮世の画家』の主人公小野益次が画家として成長してゆく過程での「裏切り」を取り上げて、彼の変節という物語上の主題に、叙述上の断絶と断片化が結びつけられていることを明らかにする。続く③では、初期の代表作『日の名残り』の執事スティーブンスが、雇い主やイギリスの景観の「偉大さ」に託して自分の立場を保障しようとする叙述に着目する。またイシグロの代名詞となった(そして後にはそこからの離脱を試みた)「信頼できない語り」(unreliable narration)についても概観する。

また④は、それまでの作品とはまったく異なる雰囲気をたたえる『充たされざる者』での時間と空間の感覚の表象を検証する。日本でもイギリスでもないヨーロッパの町を舞台に展開される夢の中のような叙述は、当初はイシグロの転向と見なされることもあったが、それまでの作品とその後の展開をつなぐ、実に「イシグロらしい」作品であることが実感できるだろう。そして⑤では『わたしたちが孤児だったころ』を取り上げる。イシグロが探偵小説という特定の「ジャンル」の要素を取り入れたものとして話題になったが、作品を駆動する原理はやはりイシグロに特徴的なもので、「拡大鏡」といった探偵に典型的なアイテムにもそれが反映されている。

さらに⑥ではSF的な体裁で描かれる『わたしを離さないで』に焦点を当てる。臓器移植のために生み出されたクローンを主人公としながらも、彼らが頻繁に想起する幸福だった過去へのノスタルジアは読者である我々にも十分共感できるもので、彼らのほとんどが三〇代で命を終えてしまう運命だからこそより強く訴えかけてくる。続く⑦で扱う『忘れられた巨人』はアーサー王が亡くなった後の六世紀イングランドを舞台とするファンタジー仕立ての物語だが、忘却の霧に覆われた世界で人物たちが各々の過去を想起して取り戻してゆくプロセスは、それまでの作品群にも連なるものである。本章では彼らが渡ることになる「島」をめぐる問いかけをとば口として、この茫漠とした世界が依って立つ記憶観を素描する。

なお、現段階（二〇二二年）での最新作『クララとお日さま』についてはインタビューや短い書評は出ているものの、本格的な論考はこれからである。現状では作品を未読の方も多いことを考慮し、本書では第Ⅰ部の付論（⑧）として、それまでの作品のテーマとの関連性を整理することを中心とする。その上で、この作品が新たに切り開いている領野についても検討したい。

本書において分析のきっかけとして着目する場面は、必ずしも作品内で目立つものとは限らないが、イシグロ作品では一見些末な要素がその後に示される重要な出来事の兆候となることも多い。それらは『日の名残り』のある人物の言葉を借りるなら、「その意味するところの重大さ」（八二）をしばしば秘めているのである。

第Ⅱ部は「モチーフ編」として、イシグロの作品でしばしば見かけられる要素、および彼の生い立ちや発言から重要と思われるキーワードを取り上げる。こうした要素は一つの作品全体を貫くほど強力なものではないかもしれないが、複数の作品にわたって登場して作品同士を有機的に関連づけている。これは作家において珍しいことではないが、特にイシグロのようなタイプの小説家にとっては、その全体像をとらえるためのステップとなってくれるだろう。第Ⅱ部のいくつかの項目では、第Ⅰ部で取り上げていない短篇集『夜想曲集』にも触れている。

一九五四年に長崎で生まれ、五歳でイギリスに渡ったイシグロにとっては、日本という「家郷《ホーム》」の記憶とそこに対する憧憬が大切にされ、日本とイギリスの「二世界」に属することが主要な関心となっていることは想像に難くない。それに伴って、「幽霊」など日本的な要素が作品に取り入れられていることが目を引くが、そのような実在と不在との合間にたゆたう境界性は、見える（可視）と見えない（不可視）の区分だけでなく、直接は見えない内面を間接的に見せる暗示的な「アート（技術と芸術）」の問題にもつながっている。それ以外にも、「動物」や「乗物」、あるいは川や海、滝などの「水」といった物語上の具体的な道具立てに目を向けてみれば、彼が作品を展開してゆく手癖を垣間見ることができるだろう。

日本で過ごした後にヨーロッパの文化圏に暮らすようになったイシグロにとって、「原爆」やホロコーストおよび戦争をめぐる記憶の継承の問題は作品の表側には現れてこないものの、その世界を構築する重要な動因となっている。それは、記憶を集合的に共有して後の世代へと受け渡す装置（媒体）としての「記念碑」の問題につながっている。また彼の重要な特徴である、一人称の限定された「視野《パースペクティブ》」にもとづく叙述は、必然的に、その外側にある、語り手自身のものとは異なる「価値観」や世界を暗示する構造にもなっている。それはしばしば、両者の間での格差を喚起し、我々が社会生活を送る上で避けては通れない「悪」の問題ともつながっている。語り手たちがそうした構図の中で翻弄され、搾取されるだけでなく、時にはその構造の維持に加担してしまう可能性すら存在することをイシグロは冷静に書き込んでおり、読者自身の共感や「気づかい《ケア》」のあり様を見直すよう促しているのである。

本書で提示する読み方は多彩なイシグロ小説の可能性のごく一部にすぎないが、読者各氏にとってイシグロの作品世界のイメージをより鮮明に、そしてより広範なものとする一助となってくれるなら、これほどうれしいことはない。

I 作品編

①

『遠い山なみの光』の川向こうの女

イシグロ作品では、一見取るに足りない細部が後から重要な意味を帯びてくることがしばしばある。『遠い山なみの光』(*A Pale View of Hills*, 1982) での「川向こうの女」のエピソードもその一つだ。この第一長篇は、現在イングランドに住む語り手の悦子が、かつて終戦間もない頃に住んでいた長崎での生活を回想する構造になっている。当時の悦子は日本人の夫の二郎と暮らしており、また妊娠中で間もなく子供が生まれる予定である。一方、現在の悦子はイギリス人と再婚していたことがほのめかされ、ロンドンで暮らす二人の間の娘のニキが一時的に彼女のもとを訪れるところから物語が始まる。

そして長崎時代の登場人物の一人、友人の佐知子の娘である一〇歳ほどの少女万里子は、「川の向こうからやってくる女」のことをしきりに気にかけている。当時(朝鮮戦争が始まっていることも言及される）の長崎にはまだ原爆の傷跡も残っており、万里子が指す川の向こう側には人が住む気配はない。にもかかわらず、その女は母親の佐知子がいない時に家にやって来て、万里子を川の向こう側に連れて行くと言ったのだと悦子に説明する。

「ゆうべ？　お母さんがいないときに？」

「あたしを家へ連れてくって言ったけど、あたし行かなかったの。暗かったから。おばさんは提灯《ちょうちん》を持ってけばいいって言ったけど〔……〕でも、あたし行かなかったの。暗かったから」（二二）

悦子がその女について佐知子に聞いても、子供によくある「作り話」（二六）だとあまり相手にしていないのだが、その後も万里子は女のことを繰り返し口にする。そして、悦子が再びその女のことについて佐知子に尋ねた時には、まったくの万里子の空想というわけでもなく、東京で見かけたある光景が関係していると佐知子はほのめかす（五八）。彼女たちが東京に住んでいた頃は終戦間際で、多くの人々の生活が混乱と苦難の中にあった。佐知子と万里子は路地裏で、跪《ひざまず》いて水路に腕を肘まで浸《つ》けているやせた若い女を見かけるが、彼女がうつろな笑みを浮かべながら水中から引き上げてきたのは赤ん坊だったのである。驚いた佐知子は万里子を連れて飛ぶようにそこを離れたのだが、その数日後に女は首をかききって自殺したと噂で聞く。それ以後万里子は彼女のことをしきりに口にするようになったのだという（一〇三―一〇四）。

ある夜中に佐知子が目をさますと、万里子が起き上がって戸口の方をじっと見ているのに気づく。

「〔……〕どうしたのって訊いてみると、誰か女の人があそこに立ってこっちを見てたって言うの。どんな女の人?　って訊いたら、こないだの朝見た女の人だって言うじゃない。戸口からこっちを見てたって。わたし、起きてって探したんだけど、誰もいなかったわ。〔……〕」

（一〇五）

そして、万里子が長崎で出会ったという「川向こうの女」が、東京で見かけた「赤ん坊を水死させた母親」と重なっていることを知った読者は、『遠い山なみの光』の物語が娘に対する母親の思いやりと責任をめぐるものであることにも思いいたる。佐知子は「娘の幸福」が大切であることを繰り返し悦子に強調するが、困難の多い（女性にとってはなおさら）時代の中で生きてゆこうとする彼女が下す判断や行動は、必ずしも万里子の意に沿うものとはならない。

終戦頃は東京でも長崎でも多くの人々ががれきの中で暮らし、「嫌なもの」（一〇三）を見ていた時代は子供にとっても大変だったと佐知子は語り、これから子供を産むことになる悦子には希望や幸福が待っているだろうと強調する。それは悦子自身の関心でもあることが読者にも次第に明らかになってくる（彼女はしばしば子供を持つことへの期待と不安を口にする）のだが、悦子と佐知子の人生は対照的なものとなるどころか、奇妙な相同性を帯び始める。

『遠い山なみの光』の冒頭で、イングランドに暮らす現在の悦子は、娘の景子が一人暮らしをしていたマンチェスターのアパートで首を吊って自殺しており、次女のニキの訪問は景子の葬儀に出席するためであったと述べる。『遠い山なみの光』は、ニキがロンドンに戻ってゆくまでの数日間の出来事と、それらを機に回想される長崎時代の悦子の物語とが交互に語られる形で展開する叙述構《ナラティブ》造となっている。

つまり読者がすぐに知るのは、若い悦子のお腹にいた子の運命であり、それは周囲の人々や彼女自身が期待していた結果とはならないことを示している。そして長崎時代の登場人物たちがしばしば口にする将来への期待や希望には、景子の自殺に象徴される挫折の可能性が一片の薄暗い影のように取り憑いているのである。

また佐知子は、なかなか思うように行かない現在の閉塞状況を抜け出そうと、偶然知り合った米兵とアメリカに渡ろうと計画する。幼い万里子が急激な環境の変化に耐えられるだろうかと心配する悦子に、佐知子はそれが娘のためにもなるのだと述べる。

「娘の幸せは、わたしにとっていちばん大事なことなのよ。娘の将来を不幸にしかねない決心なんか、するはずがないわ。何もかもよく考えてみたし、フランクとも話し合ったのよ。万里子はぜったいに大丈夫。問題なんかありゃしないわ」（六〇）

だが、万里子自身はその計画に激しく反対していることが明らかになる。「どうしてフランクさんのとこへばかり行くの？」という質問に答えることのない母親に「フランクさんなんか豚のおしっこだ。泥んこの豚だ」「自分のおしっこ飲んで、ふとんにうんこしちゃうんだ」（一二〇）と言い捨てて家を飛び出して行ってしまう。

その直後、佐知子はフランクとアメリカに渡る計画はなくなったことを悦子に語るが、それも娘の幸せのためにはかえって「こうなってよかった」と、自己弁護的に述べる。

「じつを言うとね、むしろこうなってよかったと思ってるのよ。娘だってさぞ不安だったろうと思うわ、外人ばかりの国へ行っちゃったら。アメ公ばかりの国じゃ。それも急にアメ公が父親になったんじゃ、あの娘には何が何だかわかりゃしないわ。〔……〕」（一二二）

娘の万里子の幸せを第一に考えていると言いながらも、実際には佐知子は子供を幸せにする選択肢が選べていないことが見て取れる。

母の抱える罪悪感

『遠い山なみの光』では、万里子が幻視する「川向こうからやってくる女」を蝶番《ちょうつがい》として、赤ん坊を沈めていた東京の女や佐知子のように、「子供を幸せにしてあげられなかった母親」というモチーフが全篇にわたって登場している。そして読者は、それらのエピソードが、日本人夫の二郎を捨ててイギリス人と英国に渡った結果、長女の景子がその環境になじめず最終的に自殺してしまうという、悦子自身の決断に伴う罪悪感に関わるものであることに気づく。

冒頭で悦子は「いまここであまり景子のことを書こうとは思わない。そんなことをしても何の慰めにもなりはしないから」（一〇）と述べるのだが、実際のところはその言葉に反して、悦子は直接的、また間接的に景子のことを語り続けている。そのような点から作品をとらえ直してみると、佐知子と万里子を含めた物語全体が悦子と景子の母娘をめぐるものとして構成されていることが見えてくる。

東京で見かけた女と佐知子、そして悦子自身が隠喩《メタファー》的な連環で結びつけられる叙述構造は作品の各所で示唆されている。たとえば物語序盤の第三章では、万里子が繰り返し口にする「川向こうの女」の話題を皮切りに、佐知子のアメリカ行きの計画が悦子に向けて語られる場面の後で唐突に現在の悦子とニキとの場面に移って、悦子がブランコに乗った「少女の夢」(1)をこの数か月間で頻繁に見ることが語られる。そして三章の終わりで、自分がそうした行動を取った理由について、「この夢が単純ではないことに気がついていたせいかもしれない。理由はよくわからなかったものの――この夢は公園で見た小さな女の子などよりも、その前の二日間に思い出していた佐知子に関係があるのではないか」（七六）と自己分析を加える。このような『遠い山なみの光』の語りで興味深いのは、悦子自身は自分の語りにおける関連性を（表面上は）明確に自覚していないことである。

子供を幸せにできない母親たち

こうした叙述上の仕組みを顕著に示す例として、物語の中盤にあたる第五章と第六章での叙述展開を取り上げよう。第五章では、佐知子によるフランクとの渡米の計画について再び語られるが、フランクが佐知子のもとから姿を消したことが明らかになる。しかし佐知子は動揺することもなく、二人が知り合った東京時代からよくあることだったと述べ、その関連で先述した万里子と子供を水路に浸けていた「東京の女」とのつながりが語られる。

その後、佐知子が夜に外出するというので、悦子は留守番中の万里子の様子を見に行く。そこで万里子は川向こうからやって来るという「あの女」について何度も悦子に語る。その後万里子は蜘蛛《くも》を食べようとし、衝動的に家を飛び出して行ってしまう。川べりで万里子を見つけてから家に戻ると佐知子も帰宅しており、万里子から佐知子に「どうしてフランクさんのとこへばかり行くの？」という不満と、フランクに対する嫌悪感が伝えられる。また佐知子から悦子に対しては、先述した「娘の幸せが第一だ」という彼女の信条と、フランクがいなくなったことはかえって好都合だったのだ、という自己弁護が語られる。

これらのエピソードを通じて、本作全体の主題《テーマ》である「母親の娘に対する責任」と「それを果たせないことへの罪悪感」が前景化されている。そして第六章の後半では長崎でのこれらのエピソードに接続するように、「今となっては、自分が景子にとった態度がただ悔《くや》まれてならない」（一二四）と景子の自殺をめぐる現在の悦子の心境が並置される。

（1）　イシグロにとっての夢という題材の重要性は、『充たされざる者』を扱う第Ⅰ部④でも再び取り上げる。

かれこれ六年前に景子がついに家を出たときにわたしにできたのは、ただ、そんなことをすればわたしとのつながりはみんな切れてしまうと断言することだけだった。しかし、そのころのわたしは、まさか景子がそれほど早くわたしの手の届かないところへ行ってしまおうとは考えてもいなかったのだ。わたしにはただ、家にいるのがいくら嫌でも、世の中で一人ではやっていけまいとしか考えられなかった。あれほど激しく反対したのも、景子を守ってやりたかったからにすぎないのである。（一二四―一二五）

そして、このような悦子自身の罪悪感と「子供のためだったのだ」という自己弁護を明らかにして、この章は再び「少女の夢」への言及で閉じられる。ニキに「またあの小さい女の子の夢を見たの」（一三五）と切り出した悦子は、それは先日見かけた「ブランコにのっていた子」ではなかったと述べる。そこでニキが「景子だっていうんでしょう」と、ここまで本作の語りの構造を確認してきた我々にとっては実に本質的な問いを発するのだが、意図的にかそうでないのか、悦子は「妙なことを考えるのね。どうして景子なの？　違うわ。景子とは関係ないの」と、表面上はそれを否定する。しかし、それがニキの知らない、「昔会った女の子」（一三六）、つまり万里子であることをほのめかしており、隠喩《メタファー》のレベルでは景子との関連性を示唆し、同時に佐知子と悦子自身とのつながりも示すように叙述されている。さらに悦子は夢の中の少女について「その女の子はブランコになんかのってないの。初めはのってるみたいな気がしたんだけど。でも、のってるのはブランコじゃないの」（一三六）と付け加えてこの章が締めくくられる。

では、その夢の中の少女は何に乗っていたというのか？　悦子はこの場面ではニキの問いに対して明確に応えてはいないが、物語は次の章から長崎時代へと移って、悦子が佐知子と万里子母娘とケーブルカー（ロープウェイ）で長崎市郊外にある稲佐山へ遊びに行くエピソードが語られており、ここまで検証してきた〈夢の中の少女―万里子―景子〉、そして〈佐知子―悦子〉というつながりにもとづく叙述構造となっている。

批評家ブライアン・シャファー[2]は、「その女の子はブランコになんかのってないの」という悦子の言葉に、「かわりに、ひもで首を吊っていたのだ」（Shaffer 26）と補う。シャファーは張られたロープを移動するケーブルカーに乗る万里子に、自室で首を吊る景子の姿を比喩的に重ねる解釈を提示している。センセーショナルな記述ではあるが、ここまで『遠い山なみの光』の叙述構造を確認してきた我々にも、それを受け入れる準備はすでにできているだろう。

不穏で不気味なイメージの連環――ロープで吊られた子供

ここからは作品の構成や仕組みを明らかにする批評的読解[3]やインタビューでの自作解説も参照しながら、この作品に濃密に張り巡らされた隠喩の網をさらに解きほぐしてゆこう。こうして随所に

（2）　Brian Shaffer, *Understanding Kazuo Ishiguro*. U of South Carolina P, 1998.

（3）　本章では主にシャファーやバリー・ルイス（Barry Lewis）、シンシア・ウォン（Cynthia Wong）などを参照する。

巧妙に仕掛けられた導きの糸に目を向けることが、イシグロがいかに詳細に作品の端々に気を配っているかに気づかせてくれ、本作も含めた彼の作品群の関連性をより深く理解する助けとなるだろう。またこうした読みが、各々の読者が作品を「自由かつ素直に読んでゆく」面白さを減じるのではなく、むしろ増大することとも本書は願っている。

稲佐山のエピソードはシリアスな話題の多い本作での明るい場面の一つで、悦子にはよい思い出となっている。遠くに見える稲佐の山々の眺めは行楽に出かける機会のあまりなかった彼女にとっての憧れでもあり、「何日も前から楽しみにしていた」し、現在から振り返っても「おそらくそのころの幸せな思い出のひとつと言っていい」(一四四)ものである。

だがその前後にも、作品全体を覆う影の一端が取り憑くように周到に配置されている。稲佐山行きが語られる第七章の冒頭では、当時の長崎で子供の連続殺人という恐ろしい事件が起こっており、親たちが大きな不安を感じていたことが述べられる。そして被害者のうちの一人が「木から吊るされている」(一四〇)ことも簡単に触れられている。

つまり、六章まで暗に繰り返されてきた〈万里子—夢の中の少女—景子〉のつながりは、この「吊られた子供」というモチーフによって強められ、〈ケーブルカー(ロープウェイ)—ブランコ—首吊り自殺〉という連環を読者の中にそれとなく植え付けるようにはたらいている。そして彼女たちの稲佐山行きは、夕暮れ時に通りがかった屋台でのくじ引きで、万里子が一等賞を当てて大喜びするほほえましい場面で締めくくられるのだが、その景品の木製の野菜箱は後の凄惨な事件の予兆ともなっている。

『遠い山なみの光』の語りでは長崎時代と現在のイングランドでの出来事が交互に提示されており、長崎時代の語りで悦子は佐知子と万里子の物語に自分自身の半生を投影している。アメリカ兵と渡米しようとする積極的な佐知子は悦子とは対照的にも見えるのだが、その時は遠慮がちに見えていた悦子も後には、（詳細な経緯は語られないが）大胆にも日本人の夫を捨てて英国人と渡英することになる。つまり、「子供の幸せを第一に考えている」と口にしながら娘を放置している佐知子に対して、当時の悦子が控えめに批判的な目を向けていても、後には彼女自身も同様の行動を取り、その結果かどうか明確ではないものの、娘は不幸にも自殺してしまう。佐知子と万里子母娘の姿は悦子自身と娘の景子の関係を比喩的に示唆しているだけでなく、その描写は、語り手悦子が自分のことを間接的に語るために補正されている可能性も含んでいる。

イシグロは自作のテーマや叙述構造についてインタビューなどで比較的気前よく語ってくれることが知られているが、『遠い山なみの光』の悦子の語りについても、それが「かなり悦子化された物語」(highly Etsuko-ed version)（Interview by Mason 5）だと明確に述べている。[4] すなわち出来事が起こった通りに提示されているというよりも、娘を自殺させてしまった現在の悦子の罪悪感を軸にして、それに沿うように補正も施されながら過去が想起されている。記憶が捏造されているというよりも、そのような変容の可能性を常に含んだものとしてイシグロは記憶をとらえているのだと言う

（4） Kazuo Ishiguro, Interview by Gregory Mason. *Conversations with Kazuo Ishiguro*, edited by Brian Shaffer and Cynthia Wong, UP of Mississippi, 2008. pp. 3-14.

こともできるだろう。

悦子自身がそのような自分の叙述《ナラティブ》の仕組みにどれほど意識的だったかを読み取ることは困難だ。とはいえ、それは記憶が「現在の目的に沿うように利用される」もので、そのプロセスにこそ興味があるというイシグロの関心の表れであり、彼女の語る出来事が「起こった通りのものではないかもしれない」可能性を読者に提示する。


結局のところ、彼女〔悦子〕の説明とは、彼女が日本を離れることになった経緯についての感情をめぐる物語(the emotional story)であり、実際に起こったことを伝えるものではありません。しかし私は確固たる事実(solid facts)には関心がないのです。この本の焦点はむしろ感情的な変動(the emotional upheaval)にあります。 (Interview by Mason 6)

それを端的に示すのが万里子がロープに対して奇妙な怖れを示す場面である。ある時、家を飛び出した万里子を探しに行った悦子は、川べりで足元にロープが絡《から》まっていることに気づく。その後見つかった万里子は悦子が手に持っているロープに関心を示し「それ、なあに?」と尋ねる。悦子は「何でもないわ。ただの縄よ」と応えるが、万里子は注意を向け続けておびえた様子すら見せる。

「どうしてそんなもの持ってるの?」

「言ったでしょ。何でもないのよ。足に引っかかっただけ」わたしはまた一歩近づいた。

「どうしたの、万里子さん」

「何が？」

「いま、変な顔をしてたじゃない」

「変な顔なんかしないよ。どうしてそんな縄持ってるの」

「変な顔してたわよ。とっても変な顔」

「どうして、縄持ってるの」

わたしはまじまじと子供を見た。その顔には恐怖の表情がうかんでいた。（一一八―一一九）

当時を回想しながら語る現在の悦子が感じている罪悪感が流れ込んだ結果、彼女の語る万里子の様子には景子の自殺を想起させる要素が強調されて（あるいは付け加えられて）いるようにも思われる。つまりルイスがまとめるように、このロープは「悦子の罪悪感とブランコの少女、万里子の不遇、そして景子の自殺を結び合わせている」（Lewis 35）のである。

重ねられるイメージたち

子供を死に追いやってしまった母親としての罪悪感は作品の各所に投影されており、「川向こうの女」もその一つである。すでに確認してきたように、そこには万里子を冷遇する佐知子の姿も重ねられているのだが、それに加えてもう一つの象徴的な場面として、佐知子による子殺しならぬ「猫殺し」がある。アメリカへ渡る計画を実行するにあたって周辺を整理し始めた佐知子に、万里子は今飼っている猫も連れて行きたいと懇願するが、佐知子は「どうしたら連れていけるっていうの？　だめよ、ここに捨てていきます」（二三三―二三四）と言い放ち、子猫をくじ引きで当てた箱に閉じ込めて、そのまま川に沈めてしまう。

佐知子は万里子に「それはあんたの赤ちゃんじゃない、ただの猫よ。ねずみや蛇《へび》と同じなの」（二三五）と告げる。だが、愛着を持って世話をしていた万里子にとっては子供と同様だと作品中で何度か述べられており、この場面が象徴的な意味での「子殺し」であることはシャファーが指摘する通りである（Shaffer 32）。そして、「まだ生きている」（二三七）と猫を川に何度も浸ける佐知子の姿が、万里子が東京で見たという子供を用水路に浸ける女とも重ね合わせられ、それが悦子自身の抱える子供の死に対する罪悪感とも結びつくという見立ては、我々が本章で確認してきたことからも妥当であるように思われる。

このような悦子の語りの戦略がはっきりと示されるのが、この場面の後に続く川辺での悦子と万里子のやりとりである。アメリカ行きの計画を聞いて「行きたくない」と言う万里子に対する悦子の説得は、翻訳と原文では次のようになっている。

「とにかく、行ってみて嫌だったら、帰ってくればいいでしょ〔……〕行ってみて嫌だったら、すぐ帰ってくればいいのよ。でも嫌かどうか、まず行ってみなくちゃ。きっと好きになると思うわ」（二四五）

"In any case," I went on, "if you don't like it over there, we can always come back. [...] If you don't like it over there, we'll come straight back. But we have to try it and see if we like it there. I'm sure we will."

(171 underline mine)

つまりこの場面で悦子は、私たち（we）を主語として、万里子が実の娘であるかのように話しかけている。シャファーも指摘するように、この一連の場面は、悦子が佐知子と万里子母娘の姿を通じて間接的に自分のことを語るという叙述の戦略が、語りの技法を通じても明らかにされる重要な場面である(5)（Shaffer 23）。なお、小野寺健による邦訳版での表記は、二人の間でのやりとりが自然なものとなるように主語を落とした「工夫」であることも付け加えておく。そして、ここでも再びロープをめぐるやりとりが登場し、「どうしてそんな顔でわたしを見るの。わたしが怖いことなんかないでしょ」（二四五）と、万里子が悦子を怖れるような目で見ていることも示唆される。

　本章では、万里子が繰り返し口にしていた「川向こうの女」に着目することで『遠い山なみの光』の基本的な叙述構造を明らかにした。この女は万里子による幻視だとも言えるが、実在していないがゆえに、様々な表象が重ね合わせられる媒体にもなっている。実は、佐知子の従姉である靖子と見間違えていたという説が最も有力な可能性として示されるのだが、深いレベルではむしろ

（5）　ただイシグロはこの場面について「フラッシュバックが鮮明すぎた」という反省も見せている。回想を通じたあいまいさが減じられ、リアリスティックなもののように見えてしまったからである（Interview by Mason 5）。

〈東京の女─佐知子─悦子自身〉という関連性がより重要なのはこれまで見てきた通りである。そして、このような語りの構造を見てくると、物語の冒頭で万里子が「川向こうの女」の話をした際に、悦子が「あら、それはわたしだったのよ、万里子さん」（二一）と自分自身と結びつけて応えているのは、単なる勘違い以上の可能性を読み込めるようにも思えてくる。さらに物語の結びで、ロンドンに帰るニキに長崎港が写った古いカレンダーの写真を渡す時、そこに一度遊びに行ったことがあって「景子も幸せだったのよ。みんなでケーブルカーに乗ったの」（二五九）（"Keiko was happy that day. We rode on the cable-cars."(182)）と語るのだが、それは事実（solid fact）としては景子でなく万里子であり、悦子が勘違いしている可能性もあるのだが、隠喩的な叙述のレベルではこの上なく適切な表現なのである。

このイシグロの長篇デビュー作は、本章で扱ってきたように、明言されることのない「沈黙」[6]に満ちているのだが、語り手が面と向かって直接語ることのないそのような「不在」や「欠如」は、隠喩や間接的な叙述によってかえって雄弁に語られる。イシグロが早くも第一作（当時二八歳）で確立したこの手法は以降の作品でも進化あるいは深化しながら変奏されてゆくことになる。

（6）　この沈黙が長崎への原爆投下にも関わっている点については［Ⅱ⑪原爆］も参照。

②

『浮世の画家』の野心と裏切り

『浮世の画家』(*An Artist of the Floating World*, 1986) は、現在は引退している画家の小野益次が自身の半生を振り返るスタイルで語られる。その記述は「一九四八年十月」、「一九四九年四月」、「一九四九年十一月」、「一九五〇年六月」と四つのパートに分かれており、彼が画家として成長して、社会的な階梯を上ってきた過程の披瀝《ひれき》と言ってもよい。[(1)] そして一作目がそうであったように、小野の語りもやはり一筋縄では読み解けないようになっている。それは、彼が自分の生涯の語り《ライフ・ナラティブ》をどの

(1) ヴォイチェフ・ドゥロンク『カズオ・イシグロ 失われたものへの再訪——記憶・トラウマ・ノスタルジア』(三村尚央訳、水声社、二〇二〇年)は、「成長小説」(Bildungsroman)や「芸術家小説」(Künstlerroman)としての『浮世の画家』についても分析している。[Ⅱ⑧アート]も参照。

ように見せようとしているかという叙述の戦略《ナラティブ・ストラテジー》に関わっている。本章ではこのような『浮世の画家』の語りの構造を段階的に確認してゆこう。

過去の名声へのやましさ

小野の語りは現在住んでいる家を戦前に購入した経緯から始まる。その当時、前の持ち主が複数の買い手の候補者から小野を選んだのは、「人徳をせりに掛ける」(二四)ことによったと彼は強調する。(2) つまり、彼はまず自分がそれなりの社会的な地位にあり、芸術家としても成功していたことを示そうとしている。たしかにその叙述からは、自身が野心にあふれる画家として成長して、弟子を取るまでになる様子がうかがえる。だが、その輝かしい過程で同時に明らかになるのは、現在の彼が抱えている芸術家としてのわだかまりである。それはかつて日本が軍国主義への道を歩む中で、自分が国威発揚のための絵を描いてその後押しをしたことだ。敗戦後の価値観が大きく変わった時代から見れば、それは「戦犯」とも言われかねない、間違った行いであり、小野はそのことに拭《ぬぐ》いきれない罪悪感を抱えている。(3) 現在は引退しているにもかかわらず、孫から絵を見せてほしいと言われても、「いまはよそにしまってある」(五七)と承諾しない。(4)

一八か月の間に語られる小野の叙述は、実際には彼の少年時代からすでに一線を退《しりぞ》いた現在にまでおよび、それらが時間順《クロノロジカル》ではなく断片的に提示され、彼が直接は向き合うことのできない心情が次第に明らかになるように配置されている。本章の後半では、このようにして小野の罪悪感が次々に浮かびあがってくる語りのメカニズムを「告白」という観点から解明してゆく。

弟子としての変節と野心

小野は自分のあやまちを素直に認めているように見えるのだが、彼の告白的な語りは、よく見ると複雑な心理にもとづいていることが明らかになる。すなわち「罪を率直に認める」という告白のそぶりによって、何らかの自己弁護と同時に（罪は犯したがそれはもう償《つぐな》わなくてもよいという）自分への免罪を行っているようにも見えるのである。

それに先立ち、小野が画家としての成長のために行ってきた「裏切り」や「変節」について記し

（2）　マイケル・サレイ「イシグロの名声」（奥畑豊訳、田尻芳樹・秦邦生編『カズオ・イシグロと日本――幽霊から戦争責任まで』水声社、二〇二〇年、一九四―二二〇頁）も参照。

（3）　本章では個人的な心情での自己弁護による語りと「赦し」の問題に焦点を当てている。その一方で、個人的な過去だけでなく、社会に関わる集合的な「戦争責任」というセンシティブな問題も関わっていることは言うまでもない。小野が抱える心情について、日本近代美術史を専門とする向後恵里子は「画家の語り――『浮世の画家』における忘却の裂け目」（『ユリイカ』二〇一七年一二月号（特集：カズオ・イシグロの世界）、一四七―一五七頁）で実在の戦争画家たちの状況とも関連づけながら立体的に描きだしている。また画家も含めた芸術家の戦争責任の問題については、田尻芳樹「『浮世の画家』を歴史とともに読む」（『カズオ・イシグロと日本』、一六八―一九三頁）を参照。

（4）　同時期の出来事を子供の目から描く、一九八三年発表の短篇「戦争のすんだ夏」（原題は“Summer after the War”で、翻訳が『Esquire 日本語版』一九九〇年一二月号に掲載）は『浮世の画家』の原形ともなっている。

ておこう。具体的には、理想を追い求める過程で年長者と意見が合わなくなってもその信念を貫ぬこうとする一方で、師匠の立場になってからは自分に対して批判的な才能ある弟子に非寛容な態度を示すことである。(5)

駆け出しの若い頃から野心的だった人物が、上の立場になると下の者たちに対して抑圧的になるという意味で、小野は家族に対してもかつては「暴君」で「みんなをあごで使っていた」(二八)ことが娘たちによって示される。彼は職業的にも家庭的にも「家父長的」(Wong 49)であったことがうかがえる。その傾向は、年長者にも屈しない反骨心としてすでに彼の幼少期から見られる。小野の家は父親が商売を営んでおり、小野も一二歳になった頃から父親に呼ばれて客間で「家業の相談」(七三)を(子供の頭では理解できないままに)され続けていた。その後息子が画家を目指しているらしいことを感じ取った父親は、小野が一五歳の時にそれまで描いた絵を持ってこさせる。父親は画家たちが「不潔な貧乏暮らし」をしていて「人々を意志薄弱な貧乏人に堕落させようとする誘惑でいっぱいの世界に生きている」(七九)のだと侮蔑的に述べて、息子の志を諫《いさ》めようとする。その後小野少年は家の中が焦げくさい(父親がどこかで絵を焼いているのではという推測を喚起する)ことに気づくが、そばにいた母親に、「お父さんが客間でなにをしていようと、ぼくの知ったことじゃない。お父さんが火をつけたのはぼくの野心なんだ」(八二)と、自分は父親のような商人の生活を「乗り越え」(八一)て、画家になることを決して諦《あきら》めないという決心を語る。

権威的な父親に反発して画家となった小野は、その後も芸術家としての自分の信条を優先し、複数の画家たちに師事しながら渡り歩いてゆく。海外からの注文に応じた「日本らしく」(一一三)見える絵を商品として共同制作する武田工房で研鑽《けんさん》を積んでいたが、その後に現代の歌麿と称され、小野から見れば武田工房での活動とは対極に位置するような「ほんものの芸術家」（一一五）である森山誠治（モリさん）から弟子になることを持ちかけられて快諾する。小野はこの時、「おれたちみたいに真剣な野心を抱いている者は、方向転換を計るべきだ」（一一六）と「野心」という語を繰り返している（池園、四〇）。

小野は当時を振り返りながら弟子たちに、武田工房で学んだ「大事な教訓」は「師匠の権威を疑ってかかること」（一一九）だと語り、皆もそうであれと弁舌をふるう。

> 武田工房での経験はわたしに、決して群集に盲従してはならぬ、自分が押し流されていく方向を注意深く見直せ、という教訓を与えてくれた。そのわたしがきみたち全員にこれだけはと願ってきたことがひとつあるとすれば、それは、時勢に押し流されるなということだ。（一一九）

だが、その反骨的な言葉は小野自身にもブーメランのように返ってくることになる。

（5）　池園宏「芸術と家族を巡る葛藤——『浮世の画家』における主従関係」（荘中孝之・三村尚央・森川慎也編『カズオ・イシグロの視線——記憶・想像・郷愁』作品社、二〇一八年、三五—六六頁）は、小野に備わる「主従関係に抗う性質」（三七）を手がかりに彼の変節について丁寧に読み解いており、本節でも適宜参照している。池園の議論では「野心」がキーワードの一つとなっている。

小野の画家としてのもう一つの変節は、新たに師事するようになったモリさんの体現する「浮世」からのさらなる離脱である。そのきっかけは松田知州と知り合ったことであった。松田は愛国主義的な絵画を支援する岡田信源協会の一員で、小野たちのような「美をとらえる」（二六六）ことを目指す画家たちは「世間知らず」だと批判し、より社会とコミットした活動に従事すべきだと彼を説得する。松田の主張は貧富の差の縮小を目指す社会改革活動を含んでおり、芸術家たちも世間から引きこもって芸術のための芸術活動を行うのではなく、人々の意識に影響を与えて実際に行動を起こさせるような作品を生み出すべきだという。これは浮世の美に耽《ふけ》るモリさんたちの世界（松田は「世間知らず」で「退廃的」（二六三）と表現）とは真っ向から対立するものである。松田は現在の日本を動かしているのは「貪欲な実業家や、腰抜け政治家」（二六六）であり、「実業家はどんどん金持ちになり、政治屋は絶えず言い訳とおしゃべりをつづけている」一方で、「子供たちが栄養不良で死んでいくのを漫然と見過ごしている」（二六八）と厳しく指摘する。その解決策として彼は、そうした実業家や政治家をやっつけて天皇の力を取り戻すことを挙げる。そして小野は松田との議論がきっかけとなって考えを変化させてゆき、その結果として愛国主義的な画風へと転向して師匠のモリさんとも袂《たもと》を分かつことになる。弟子である小野の画風が自分とは異なるものに変化していることに気づいて問い詰めるモリさんに、小野は自分の新しい考えを述べる。

「〔……〕先生、現在のような苦難の時代にあって芸術に携わる者は、夜明けの光と共にあえなく消えてしまうああいった享楽的なものよりも、もっと実体のあるものを尊重するよう頭を切り替えるべきだ、というのがぼくの信念です。画家が絶えずせせこましい退廃的な世界に閉じこもっている必要はないと思います。先生、ぼくの良心は、ぼくがいつまでも〈浮世の画家〉でいることを許さないのです」
（二七七）

そして彼はその絵を「独善」というタイトルの作品に仕上げて、それをもとにして「地平ヲ望メ」と題された国威発揚のためのポスターも制作する。

権威的な師の自己弁護

『浮世の画家』はすでに画家を引退している時点の小野によって語られるので、野心的な若者としてだけでなく、画家として成功して社会的な地位を得てからの言動についても記されている。弟子に対する小野の態度について批評家たち[6]が「抑圧的」あるいは「家父長的」と形容していることはすでに触れたが、それはつまり、かつての自分のようにしっかりした意見を持つ弟子に対して不寛容になってしまうことを意味している。その最たる表れが、黒田への「裏切り」であった。

黒田の才能は弟子たちの中でも抜きん出ていると小野も認めるほどであったが、好戦的になってゆく日本の時勢に対して批判的な意見を持っており、軍国主義に向けた国威発揚のポスター制作

（6）　ウォンやシャファー、ルイス、池園、荘中、ドゥロンクを参照。

に関わっていた小野とは政治的に対立していた。小野はそのような黒田を反政府的な活動に関わる「非国民」として当局に密告し、その結果として黒田は警察に連行され、彼の家にあった絵もことごとく燃やされてしまう(7)。

警察による捜査と弾圧の徹底ぶり（黒田は警察から拷問も受けていたことを、小野は後になって黒田の弟子である円地青年から聞かされる）は、ただ「注意をして」もらうことを意図していたという小野の想定を大きく越えており、当時の彼自身も自分の行為の思わぬ結果に戸惑っているようでもあった。しかし、それを思い返す現在の彼は、自責の念に身を苛まれるよりも、「仕方がなかった」のだという諦念すら漂わせている。

『浮世の画家』に描かれる権威ある年長者による抑圧行為を概観してきたが、まとめると次のようになる。

①少年期の小野が、父親から画家になることを反対されたこと（彼の絵は燃やされた可能性が高いことを示す、家の中に漂う焦げくさい匂い）。

②モリさんの弟子だった時、師匠のスタイルに背《そむ》くような絵を描いていた小野が、モリさんから「本格的な画家としての道は絶たれる」ことになるとおどされること。

③小野が師匠の立場となってから、有能だが意見を異にする弟子である黒田を反軍国主義的な「非国民」として密告しその将来を絶つこと。

特に②と③が連続して語られるのだが、このような叙述構造は自分がこれらの言動におよんでしまうのはやむを得ないことだったのだという小野の「自己弁護」を意図しているようにも読めてくる。彼は自分の過去の言動が今から見ればあやまちであったと積極的に認める告白をしばしば行う。だがそれは悔恨や懺悔というよりも、そのことによってある種の「赦《ゆる》し」を得ようとする構造になっているのだという観点から『浮世の画家』と『日の名残り』を分析するのがヴォイチェフ・ドゥロンク（Wojciech Drąg）である。彼は『カズオ・イシグロ　失われたものへの再訪』の第一章と第二章でこの二作品に焦点を当て、叙述《ナラティブ》（物語）のはたらきとは、過去を回想して一貫した叙述へとまとめることで、その出来事のまっただ中にいた時には把握できていなかった事柄を理解できるようにすることだと論じる。つまり「叙述（物語）」は「実生活《リアル・ライフ》」と対立する虚構《フィクション》ではなく、叙述による一貫した説明によってこそ理解が可能になるのであり、そのような意味で「人間は物語でできている[8]」と言うこともできるだろう。

（7）「くせえ絵はくせえ煙を吐きやがる」と燃える匂いが強調されていることからも、権威的立場にある者による抑圧行為と関連づけられていると分かる。

（8）叙述（物語）と主体性との関わりを主軸にした思想を広範に展開しているのがポール・リクール『時間と物語』（全三巻、久米博訳、新曜社、二〇〇四年）である。叙述によって自らの存在を作りあげたり、周囲の状況を理解したりする主体《エージェント》としての人間存在を、リクールは「叙述的アイデンティティ」（narrative identity. 邦訳書では「物語的自己同一性」とも訳されている）と呼ぶ。

そして叙述を介して過去をより深く理解することの延長線上には、トラウマ的な過去の影響を治療するための叙述療法《ナラティブ・セラピー》がある。だがその一方で、限定的な視野を強調する告白的な叙述によって、「仕方がなかったのだ」という自己弁護を行い、自分への赦し（免罪符）を与えるようにも機能する。そのような行為はしばしば利己的で都合のよい、「自己正当化」（self-justification）とみなされることもある。つまり自分は罪やあやまちを犯したという罪悪感を公に告白することで、それに対する償いの責任が免じられるだろうという期待である。

告白することで責任を逃れる

小野は戦前の自分の行いが間違いだったことを何度か率直に認めて、それを周囲にも述べている。彼は次女の紀子の見合いの際、相手の両親である斎藤博士夫妻に対して自分のかつての行いが間違いだったことを認めていると述べる。小野は世間には自分のことを「世の中に悪影響を及ぼした」（一九四）人物だと信じている者もいると述べて、現在の自分もそういった意見が妥当だと認めていると宣言する。「自分に厳しすぎるのでは」と諫める斎藤博士に対して小野はさらにたたみかけるように告白を続ける。

「わが国に生じたあの恐ろしい事態については、わたしのような者どもに責任があると言う人々がいます。わたし自身に関する限り、多くの過ちを犯したことを率直に認めます。わたしが行ったことの多くが、究極的にはわが国にとって有害であったことを、また、国民に対して筆舌に尽くし難い苦難をもたらした一連の社会的影響力にわたしも加担していたことを、否定いたしません。そのことをはっきり認めます。〔……〕（一九五）

その唐突とも映る熱弁はかえって周囲を戸惑わせるほどであるが、彼の行為で注目すべきはそのように過去の過ちを認めれば「自尊心が高まる」（一九七）と考えていることだろう。当時を振り返りながら、彼はかつての自分は日本国民に貢献しているのだという信念のもとに行動していたが、それは間違いだったと認めることがより重要だと強調する。

強固な信念のゆえに犯してしまった過ちなら、そう深く恥じ入るにも及ぶまい。むしろ、そういう過ちを自分では認められない、あるいは認めたくないというほうが、よほどはずかしいことに違いない。（一九七）

だが小野のような考え方は作品中では少数だ。むしろ彼の周囲の人々は戦争中の責任を認める者は生きながらえるべきではない、という意見を直接的あるいは間接的に小野に伝える。
次女の見合い相手の一人だった三宅二郎は、彼の勤める会社の社長が切腹を試みた後にガス自殺したことに触れ、それは会社が戦争に関わっていたことへの「謝罪」（九二）だと述べる。それに対して小野は「謝罪のために自殺する人のことが毎日のように記事になっている」と、責任を感じる者が命を絶つのは「いささか極端」ではないかと反論し、二人の意見は対立する。三宅の言葉に代表される、「本来なら命を捨てて謝罪すべきなのに、自分の責任を直視できない卑劣な人間がたくさんいる」（九三）という考えが小野の心に引っかかっていることは彼の語りの端々に表れており、その見解をめぐる意見の対立が相手を変えながら繰り返されてゆく。そして、彼の語り全体がその懸念に対して、過去に犯した間違いを認めながらも、それでも生き続けてゆく方策として、罪の告白によって免罪を与えるという自己弁護のロジックで動いているのである。(9)

また小野が戦後になってから黒田の弟子である円地青年と会った時にも、同様のやりとりが交わされる。円地は戦時中に黒田の人生を台無しにした小野に対して「率直に言って、あなたの図太さにはあきれました」（二七九）と敵対心をむき出しにする。黒田は先述したような事情から小野の通報によって警察に連行されて、「国賊」と罵倒されながら拷問まで受けており、円地は小野に「いまではだれがほんものの国賊か、みんなちゃんとわかってます。そういう裏切り者の多くが、いまでも大手を振って歩いているんだ」（二八〇）と難詰する。それに対して小野は「円地君、きみは世間のこと、その複雑さを知るにはまだ若すぎる」と牽制する。この円地青年との黒田をめぐるやりとりの回想に続いて、先述の斎藤夫妻に対する大仰な告解を含めた紀子の見合いが想起されており、軍国主義的な国威発揚へと関わってしまった過去に対する小野の逡巡が本作の中心的主題の一つであることをよく示している。

それは、自分の行為が後の時代からは間違いだったと判断されてしまうことへの不安にもつながっているが、イシグロは小野を断罪するよりもむしろ同情的に描きだしており、その点は二〇一六年に新たに付された序文（訳書の新版にも収録）にも記されている。

たとえ善意からはじまっていても、結果的にいかに誤ることがあり、恥ずべき主張や悪しき主張に加担してしまうことがあるか。自分の最良の年月と才能が無駄遣いに終わり、そのことがいずれ時間と歴史によって証明されてしまうことは恐怖です。（一五）

自分がよかれと思って専心した過去についての評価が時代の変化の中で一変したことにどう向き合うか、という問題は『浮世の画家』も含めたイシグロの初期作品における主要なテーマの一つであった。周囲の人々は「責任を取る」ことを求めており、それはしばしば（日本的な解決法とみなされがちだった）「自決」と同意だった。だが各作品の語り手はそのような周囲の圧力を感じながらも、巧みな自己弁護を用いて、責任を認めながらも生き延びる道を探ろうとする。イシグロが長篇デビュー前に書いた短篇「ある家族の夕餉」[10]（"A Family Supper"）でも、語り手の父親は共同経営者だった渡辺の自殺に触れて、彼が「高潔で信義に厚い男だった」からこそ、「汚辱にまみれて

（9）　別の箇所では、戦時中に戦意高揚のための軍歌を作曲した音楽家の自殺が孫の一郎との間で話題となるが、小野はやはり「一郎、那口さんは決して悪い人ではなかったんだよ。あの人は率直に自分の犯した過ちを認めた。那口さんはとても勇気のある立派な人だ」（二四〇）という意見を述べている。

（10）　カズオ・イシグロ「ある家族の夕餉」田尻芳樹訳、阿部公彦編『しみじみ読むイギリス・アイルランド文学』松柏社、二〇〇七年、七五―九二頁。

生きるのがいや」で家族を道連れにして心中したのだと述べる（七八）。その一方で父親は、渡辺はやはり「まちがっていた」とも述べており、以前の価値観に固執するばかりでなく、そこから脱して生き続ける方途を探る可能性も残している。

第一長篇『遠い山なみの光』でも、かつて指導者の立場にあった人物が、後代になって新しい価値観を身につけた弟子の側から批判されるというモチーフがすでに現れている。長崎時代での悦子の義父である緒方さんは戦前に教師であったが、皇国主義的な思想にもとづく指導を行っていた。だが戦後になって、緒方さんのかつての教え子の松田重夫が子供たちは恐るべき「危険な嘘」[11]（二〇八）を教えられていたとして、緒方さんら戦前の教育者たちを批判する記事を執筆する。

驚いた緒方さんは松田に会い、「ぼくらは心から国のことを思って、立派な価値のあるものを守り、次の時代に伝えるように努力したんだよ」（二〇八）と反論する。松田も緒方さんたちが自分らの行為の結果を完全に見通すことができなかったからといって、「責めるのは酷だ」（二〇九）と一定の同情は示すが、緒方さんたちが自分の間違いを認めるべきだという姿勢を崩すことはない。さらに松田は、戦前に数名の若い教師たちが投獄された事件に緒方さんが関わっていたことを示唆しており、『浮世の画家』の小野との類似を強く感じさせる。両者の関連性についてはルイスも、『遠い山なみの光』では傍流（subplot）だった恥と罪悪感（shame and guilt）のテーマが『浮世の画家』のメインプロットとなっていると述べる（Lewis 48）。

つまり、イシグロが比較的初期に書いていた「ある家族の夕餉」の父親、『遠い山なみの光』の緒方さん、『浮世の画家』の小野はおおむね同年代であり、これらの作品では戦前と戦後での劇的な価値観の変化に彼らが取り残される経験が繰り返し描かれている。そしてこの視点は、第Ⅰ部③の始めでもまとめるように、戦後のイギリスを舞台とする『日の名残り』のスティーブンスにも続いている。

あやまちを認めて生き延びる

『浮世の画家』についてイシグロは、この作品では人々が周囲の環境を越えて物事を見渡すことができないことを主題にしている点に触れ、小野の視野が特に狭いのではなく、それが「普通の人々」(normal human beings)のものだと述べていることは注目に値する(Interview by Mason 9)。小野のような生き様は、清く正しく、潔《いさぎよ》いものではないかもしれないが、イシグロの関心はそれでも何とか生き抜いてゆこうとする人間のたくましさ《レジリエンス》(あるいはしぶとさ)に向けられている。[12]

一見すると小野は自分の過去の過ちを率直に認める姿勢を示しているのだが、それはより巧妙な自己弁護を狙ったものだと見ることもできる。小野が自分の若い頃の作品は「あまり褒めてもらえ

(11) 松田重夫だけでなく緒方さんの子である二郎も、自分が学生の時に受けていた教育は「日本は神の国で、最高の民族だ」というもので、「妙なこと」だったと振り返っている(九三)。

(12) 「ある家族の夕餉」の父は「渡辺はまちがっていた」と述べる。また『遠い山なみの光』でも、松田重夫に責められる緒方さんに対して語り手の悦子は、彼女にしては珍しいくらいの強い口調で松田を非難して緒方さんに味方する(そこには義父へのひとかたならぬ思いを読み取ることもできるかもしれない)。

るような代物ではない」（二三三）と語ると弟子たちがそれを全力で否定するという場面では、このような間接的な叙述によって、逆説的に自分の絵画に対する印象を高めようとしているだけでなく、彼が自分の至らない点を受け入れる潔さを保持していることを伝える効果もある。すなわち小野の自己弁護は、過ちの経験を否定して抑圧してしまうのでなく、ある程度の距離を取りながらそれとともに生き続けてゆくための手段となっている。

過去の過ちを認めることで何らかの赦しを期待する語りの構造について、ドゥロンクは文芸批評家ポール・ド・マンが『読むことのアレゴリー』で展開する「自身を告発することが、自らの弁明となる」というモデルを用いて分析している。ドゥロンクが注目するのは、小野が先を見通せなかったことを説明する際に、かつての師匠たちと自分を重ね合わせている点である。[13] 先ほどの弟子とのやりとりを回想する小野は、指導者として自分が口にしていた言葉は、以前に師匠のモリさんが語ったものと類似していることをしばしば強調する。記憶のあいまいさを利用してこのように言葉をオーバーラップさせることで、かつての師匠からの思想の継承とともに、自分自身が弟子から師匠になったことに伴う心情の変化――すなわち弟子だった時の野心的な向上心から、師匠としてある程度の地位を得たことによる自己弁護への変節も効果的に示している。小野がモリさんに師事しながら、それに反する画風を模索していた「裏切り」に対する、モリさんからの「ずいぶん不思議な道を探っているようだな」（二七三）という批判的評価について、その傾向は後に師となった自分のものでもあると述べる。

モリさんがたしかに「不思議な道を探っている」ということばを使ったとは言い切れない。それは後年わたしが口癖のように何度も使っていたことばだからだ。だからわたしは、ずっとのちに同じあずまやで黒田に対して使ったわたし自身のことばを思い出しているのかもしれない。〔……〕これもまた、旧師から受け継いだ特徴のひとつなのだろう。

（二七三—二七四）

小野がどれほど意図的なのか決定的なことは分からないが、彼の語りは過去の一連の行為をまとめ上げて、そこにある程度の一貫した意味や因果関係を与えることを意図している。[14] その過程はより一般的には後知恵[15]（hindsight）とも呼ばれるものだが、これを含む告白的な語りによって小野はある種の赦しを得て、周囲との共同体生活を復活させることを狙っているとドゥロンクは分析する。つまり小野の語りは、過去の過ちを受け入れてそれを償おうとする潔さというよりも、それを積極的に認めることによって、一度は失われた社会とのつながりを取り戻し、次女の見合いも順調に進めたいという実利的な狙いにもとづいている。

（13）『遠い山なみの光』の悦子が佐知子たちの人生に自分の人生を重ねていたのと同様である。
（14）ドゥロンクはスティーブンスや小野の語りを、心理学者フレデリック・バートレットの「意味を求める努力」（effort after meaning）の概念を援用しながら分析している。本書［Ⅰ③『日の名残り』］の議論も参照。
（15）精神分析理論においては、トラウマ的経験に対する反応がしばらく時間が経ってから生じることに関する、事後性（独：Nachträglichkeit 英：afterwardsness）の概念とも結びつけられている。

語ることによる許し

そのような叙述上の巧妙な戦略に加え、他のいくつかの要因も、小野が抱える罪悪感に対してある程度の赦しを与えているようにも映る。一つは、小野が自分で考えているほどには世間的に重要な存在ではなかったのかもしれない、という可能性である。第三部（一九四九年十一月）の小野の記述では、次女の縁談が首尾よくまとまったと示されるが、半年あまり前に行われた斎藤家との見合いのことを振り返っている時、彼の長女は小野が自分の過去の罪を認めるという主旨の長広舌を突然ふるったことに皆が「びっくりした」（二九五）と述べる。そして彼がその時に語った内容について、過去の仕事に対して小野が抱えている「責任」は、世間にとっては彼自身が考えているほどには大きなものではなかったと強調する。また戦意高揚の歌を作曲し戦後に自責の念から自殺した音楽家に小野が言及して、自分は那口氏のような行動をとったりはしないから安心するように、と言った際にも彼女は、小野が那口氏のような大きな影響力を持っていたわけではなく、「お父さまは画家にすぎなかった」のだからと諌める。

「〔……〕お父さまはすばらしい絵を描いたわ。だから、もちろんほかの絵描きさんのあいだではとても影響力を持つようになった。でも、お父さまのお仕事は、わたしたちが問題にしているような、あの大きな事柄とはほとんど関係がなかったでしょ。お父さまは画家にすぎなかったんですから。大きな過ちを犯したなんて、もう考えてはだめよ」（二九七）

彼女の言葉は、小野の罪悪感が自分で考えているほど大層ではない見当違いのものだった可能性も示唆する。小野はその意見に反論するものの、どうやらすべてが彼の語る通りではなさそうだ、という疑念を読者に抱かせる。(16)

また物語の終盤での松田知州の言葉も、自分や小野が芸術を通じた社会の変革という高邁な理想を彼らなりに志しながらも、結局は「ただの人」(ordinary people)だったとまとめる。

「少なくともおれたちは信念に従って行動し、全力を尽くして事に当たった。ところが、結局おれたちはただの人であることを思い知らされた。特別な洞察力など授かっていないただの人だ。〔……〕」(三〇七)

小野によって語られてきた影響力ある芸術家としての罪悪感と同時に示される、それとは矛盾するような、彼が実はそれほど偉大な人物ではなく世間から忘れられつつある可能性も、結果的には彼が生き続けることを消極的にではあれ後押ししているようにも映る。

物語の終わり、小野はかつて足繁く通っていた歓楽街があった地域を訪れ、すっかり再開発され

(16) 後でも触れるように、その構造は『日の名残り』以降の作品にも踏襲される。

たのを目の当たりにする。彼はベンチに座り、これからの日本を担ってゆく若者の姿を見守りながら、日本が活気を取り戻していることに喜びを感じて「わが国は、過去にどんな過ちを犯したとしても、いまやあらゆる面でよりよい道を進む新たなチャンスを与えられているのだと思う」（三一六）と感慨を漏らす。それに続く小野の結びの言葉「わたしなどはただ、あの若者たちの前途に祝福あれと心から祈るだけ」（三一六）は、彼が自分の持っていた（あるいはそのように思い込んでいた）影響力がもうないことを自覚して、社会の中心から距離をとったところにたたずんでいることをよく示している。つまり、価値観が一変した時代の流れの中で人々から忘れられつつあるという、「忘却」（forget）による「赦し」（forgive）も彼には与えられているのだと見ることもできるだろう。(17)

(17)　小野が時代の変化の中で忘れられつつあることに、向後はある種の「希望」を見て取っている。それと同時に現実の戦後の美術史において戦争画が忘れられていたことにも触れ、小野の姿が示唆する「忘却という幸福」（向後、一五七）を我々自身の問題として考え続けるべきものとして提起している。それは芸術家による「戦争責任」も含めた「記憶の倫理」の問題にもつながるだろう。［Ⅰ⑦『巨人』］での「忘却」と「許し」の議論も参照。

③

『日の名残り』の偉大な執事の品格

『日の名残り』(*The Remains of the Day*, 1989) の終盤、執事スティーブンスはイングランド南部のドーセット州ウェイマスにある桟橋で、夕暮れ時に海を眺めながら、自分が現在仕えているアメリカ人雇主ファラディ氏のために「ジョークの技術」(bantering skills) (246 三五三) を磨く決意を固める。それはファラディ氏から与えられた休暇を利用してイングランド南部を車で回る旅の間、自身の半生を振り返ってきた結果スティーブンスがたどり着いた結論でもある。その中で語られる数々のエピソードは、彼が「偉大な執事」になることを目指して職務に没頭し、その理想にかなり近づいた瞬間があったことも控えめながら読者に示す。だがそれと同時に、彼の語りは「偉大」などとはとても言えない出来事にもおよんでゆく。むしろスティーブンスの語りの焦点は、偉大な執事を目指しながらも結果的にはそれが達成できなかった後悔と、その職務に伴って経験した数々の苦い出来事の記憶に対して、長い時間を経てからようやく向き合ってゆくプロセスに当てられていると言うこともできる。

本章では、偉大な執事という自己像を構築しようとするスティーブンスの叙述が次第にほころびて、彼の後悔や忸怩《じくじ》たる思いを垣間見せるはたらきを、かつてはイシグロ作品の代名詞とされてきた「信頼できない語り」の概念とともに考察する。この作品の語りは、一九五六年現在のスティーブンスが自動車旅行の途上で、一九二〇—三〇年代の自分の執事としてのキャリアを振り返る構造になっている。まずスティーブンスが抱えている過去へのわだかまりを確認した上で、彼がそれらを明らかにしながら自分でも受け入れてゆく語りの手際を検討しよう。

スティーブンスは現在においては「恥ずべきこと」とされてしまった過去に対する罪悪感を抱えながらも生き延びようとする(それは本作以前の作品のテーマとも通じている)。つまりその過去が間違いだったことを認めながらも、それらに何とか意義を与え続けようとしている。彼の人生は、そうあろうとしていたように「偉大」なものではなかったかもしれない。だが、細やかに構築されたスティーブンスの叙述が次第に明らかにしてゆく彼の人生の物語《ライフ・ナラティブ》を通ってきた後で、読者たちは果たして自分がスティーブンスの行いを「自己欺瞞」だと断罪できるような立場にいるのだろうか、と自問していることに気づくだろう。

偉大な紳士に仕える偉大な執事

彼の抱える過去へのわだかまりは、個人的な次元と、より大きな社会的な次元へと関わっている。

一つは、彼の雇主である紳士《ジェントルマン》ダーリントン卿が所有する屋敷ダーリントン・ホールでともに働いていたミス・ケントンに対する淡い恋慕の情である。ケントンは一九二〇―三〇年代には女中頭として女中たちを取りまとめながらスティーブンスとともに屋敷を切り盛りしていたが、その後結婚のためにダーリントン・ホールを離れてゆく。それから三〇年あまり経ってスティーブンス宛てに送られてきた彼女からの手紙が、今回の自動車旅行を彼に決意させることになる。

そのような個人的な秘密と並んで、彼の語りの中で明かされてゆくのがナチス・ドイツに対するダーリントン卿の積極的な関与である。第一次世界大戦と第二次世界大戦の間の時期に設定された本作では、ヴェルサイユ条約によって大きな負債を抱え、国力を回復できないドイツに対して卿は一定の同情を示している。そしてダーリントン卿は当時のイギリス首相と外務大臣、そしてナチスの一員であるドイツ大使を屋敷に招いて非公式の会談を画策する。

ダーリントン卿の行いは、敗戦国とはいえ過酷な状況にあった国に対する紳士的な道義心から生じたものであったが、結果的に野心的なナチスをイギリスに招き入れようとした危険で愚かしいものとみなされた[1]。世間からの激しい非難にさらされた後にダーリントン卿は自ら命を絶ったことが

(1)　ダーリントン卿の行為は、実際の歴史上におけるドイツに対するイギリスの宥和政策を思い起こさせる。ヴェルサイユ条約に違反して軍備を進め、チェコスロバキアなど近隣国への侵攻を始めたドイツに対し、イギリスのネヴィル・チェンバレンは一九三八年（『日の名残り』で行われる「非公式の会談」の後の時期に相当）にその動きを容認するかのような態度を示していた。ただし、ダーリントン卿の抱く紳士としての道義心と、チェンバレン

ほのめかされる。自分が全力で仕えてきた主人の行為が後に間違っていたと世間から判断されたことは、スティーブンスの心情にも大きな影響を与えている。

スティーブンスはこうした私的な面と公的な面に関わる後ろめたい過去を、自分が執事として専心してきた職務上の工夫やその達成と関連づけながら語ってゆく。その語りは必然的に直接的なものとはならず、比喩や婉曲表現を多用した間接的なものとなる。すなわち、以降で詳細に見てゆくように、彼の「偉大な執事」としてのあり様は、その半生における秘密を隠しつつ明らかにしてゆく「信頼できない語り」の基礎を成している。

非公式の初期三部作

本章の冒頭で挙げた、ウェイマスの埠頭にあるベンチに座り、歓声をあげて夕焼けを待ちながら交流する人々を眺めるスティーブンスの様子は、『浮世の画家』の終盤でベンチに座って若者たちの様子を眺める小野の姿を我々に思い起こさせる。そして、『浮世の画家』に付された序文での「たとえ善意からはじまっていても、結果的にいかに誤ることがあり、恥ずべき主張や悪しき主張に加担してしまうことがあるか」(一五)というイシグロの言葉は、『日の名残り』のスティーブンス(そしてダーリントン卿)にもよく当てはまる。「自分の最良の年月と才能が無駄遣い」(『浮世の画家』、一五)だったことに直面した人間がどのように振る舞うのか。つまり、最善を尽くした人生が正しいものではなかった可能性とどのように折り合いをつけるのか。そのテーマは第一長篇『遠い山なみの光』の緒方さんにもすでに表れていた。

この態度は見方によっては自己欺瞞や自己弁護とも映るが、過去を否定せず生き続けるために必要な叙述的な戦略であることは、前章で取り上げた『浮世の画家』にも見られた。そしてこのような姿勢は、結びでのスティーブンスの言葉にもよく表れている。

私どものような人間は、何か真に価値あるもののために微力を尽くそうと願い、それを試みるだけで十分であるような気がいたします。そのような試みに人生の多くを犠牲にする覚悟があり、その覚悟を実践したとすれば、結果はどうであれ、そのこと自体がみずからに誇りと満足を覚えてよい十分な理由となりましょう。（『日の名残り』、三五一―三五二）

信頼できない語り

語りたくない過去を間接的に語り、その過去にある程度の合理的な説明を与えることで、完全に

実際イシグロは、初期の三長篇について「同じ本を三度書こうとした」（Jaggi 28）とさえ述べており、これを受けてバリー・ルイスは（本書「はじめに」でも述べたように）これらを「非公式の三部作」（informal trilogy）（Lewis 133）とも形容している。

首相による反共産主義戦線の強化を狙った宥和政策とが直結するものでないことにも注意が必要である。

拒否したり無視したりすることなく、聞き手に受け入れられるようにしてゆくスティーブンスの語りは、しばしば「信頼できない語り」(unreliable narration)という技法の好例として取り上げられる。中でもデイヴィッド・ロッジ『小説の技巧』の「信用できない語り手」[2](The Unreliable Narrator)の項目がよく知られている。ロッジは信頼できない語りの意義を「見かけと現実のずれを興味深い形で明らかにでき」て、「人間がいかに現実を歪めたり隠したりする存在」(二一一)であるかを実演することだと述べ、『日の名残り』の中でケントンに叔母の死の知らせが届き、一日の休暇をスティーブンスに求める場面を取り上げる。スティーブンスはその場を離れた後で、自分が「お悔みも言っていなかった」(二五一)ことに気づいてケントンの部屋へ向かい、ドアの前に立って、部屋の中で彼女が泣いているところを想像していたと語る。だが彼はさらに後の方であらためてこの場面に触れて、自分が彼女の部屋のドアの前に立っていたのは実は別の機会だったことを思いだす。

しかし、さらによく考えてみますと、やはり違うのかもしれません。この記憶の断片は、ミス・ケントンの叔母さんの死から少なくとも数カ月たってから、まったく別の脈絡の中で起こったことのようにも思われます。さよう、レジナルド・カーディナル様が不意にダーリントン・ホールに現われた、あの夜のことだったのかもしれません。(三〇四)

「あの夜」とは、先述のダーリントン卿がイギリス首相と外務大臣、ドイツ大使を集めた密談の夜を指しており、ダーリントン卿が引き返せない政治的一線を越えてしまっただけでなく、ケントンが別の男性のプロポーズを受けたことをスティーブンスに告げて彼の私的な恋慕感情に終止符が打たれた日でもあった。実はケントンはその行為によって、スティーブンスに対して抱いていた愛情を伝えてもいるのだが、彼はそれを知ってか知らずか拒絶してしまう。そして件の場面がこの出来事に続くものであったことをあらためて思いだす。

さよう、私の記憶に深く刻み込まれておりますのは、やはり、あの瞬間のことだったに違いありますまい。〔……〕この瞬間、ドアの向こう側で、私からほんの数ヤードのところで、ミス・ケントンが泣いているのだ……と。それを裏付ける証拠は、何もありません。もちろん、泣き声などが聞こえたわけではありません。が、あの瞬間、もし私がドアをノックし、部屋に入っていったなら、私は涙に顔を濡らしたミス・ケントンを発見していたことでしょう。

(三二七―三二八)

ここまで作品を読んできて彼の叙述の特徴をつかんでいる読者は、こうした記憶のあいまいさを利用した段階的な手順を踏まなくては受け入れられないほどに、この場面が彼にとって公的にも私的

(2) 訳語は後述する『フィクションの修辞学』の翻訳版では「信頼できない語り手」(二〇六―二〇七)、『小説の技巧』の柴田元幸による翻訳版では「信用できない語り手」(二一〇―二一五)となっている。本書では以降、「信頼できない語り」に統一して表記する。

にも重要な出来事に結びついていることを見て取れるだろう。

なお「信頼できない語り」という技法は『日の名残り』以外にも数多くの作品で用いられている（ロッジは前掲書でウラジーミル・ナボコフの『青白い炎』も取り上げている）。物語や叙述におけるこうした要素や仕組み、読者に対するそれらの効果を考察する文学研究の分野は「物語論」（narratology）と呼ばれ、「信頼できない語り」はウェイン・C・ブースが『フィクションの修辞学』（*The Rhetoric of Fiction*, 1961）で論じた定義が一つの定番として知られている。ブースは語り手の「信頼性」（reliability）（二一二）を作者や読者との距離の問題としてとらえ（語り手の方が作者よりも物語について詳しく知っている場合もある）、その定義が網羅的でないことも認めつつ、語り手が「作品の規範」を代弁してそれに従って行動している場合を「信頼できる語り」、そうでない場合を「信頼できない語り」と分類する（二〇三—二〇七）。また語り手が必ずしも意図的に嘘をつこうとしていたり、自分が間違っていることを自覚しているとは限らないとも述べて『ハックルベリー・フィンの冒険』を例示している。

『日の名残り』をこのような「信頼できない語り」の観点からいち早く分析した例には、キャスリーン・ウォールの「『日の名残り』による信頼できない語りという理論への試み」[3]がある。ウォールは先述のロッジが取り上げた場面も含めた『日の名残り』の叙述について、ブースやジェラール・ジュネット（Gérard Genette）、シュロミス・リモン＝キーナン（Shlomith Rimmon-Kenan）による物語論のモデルを援用してスティーブンスの語りを分析している[4]。

また斎藤兆史「『日の名残り』というテクストのからくり」[5]も、語り手による地の文と登場人物たちの会話文との齟齬からスティーブンスが抑圧しているものが浮かびあがってくる仕組みを考察している。斎藤は、このような文体技巧が語り手スティーブンスの人間像と密接に結びついている点を強調しているのだが、この点はこれまで見てきた『遠い山なみの光』や『浮世の画家』も含めた「非公式の三部作」にとって重要である。

語りの技法としての「偉大さ」

『日の名残り』において、叙述構造と作品の主題《テーマ》を結びつけるのは、スティーブンスがこだわる執

（3） Kathleen Wall, "*The Remains of the Day* and Its Challenges to Theories of Unreliable Narration." *Journal of Narrative Technique*, vol. 24, no. 1, 1994, pp. 18-42.

（4） ウォールの成果がイシグロ作品の物語論的読解の一つのスタンダードを示しているだけでなく、それ以後「信頼できない語り」という概念自体が再検証あるいはアップデートされる際にもイシグロ作品は参照されてきた。たとえばデイヴィッド・ハーマン編の『ナラトロジーズ』所収のジェイムズ・フェランとパトリシア・マーティン「ウェイマスの教訓――等質物語世界、信頼できなさ、倫理、そして『日の名残り』」(James Phelan and Mary Patricia Martin, "The Lessons of 'Weymouth': Homodiegesis, Unreliability, Ethics, and *The Remains of the Day*." *Narratologies*. edited by David Herman. Ohio State UP, 1999. pp. 88-110) やエールケ・ドホーカー編『二一世紀の一人称小説における叙述の信頼できなさ』(Elke D'hoker (editor), *Narrative Unreliability in the Twentieth-century First-person Novel*. Walter de Gruyter, 2008) の各論考など。

（5） 斎藤兆史「『日の名残り』というテクストのからくり」、荘中孝之・三村尚央・森川慎也編『カズオ・イシグロの視線――記憶・想像・郷愁』作品社、二〇一八年、六七―八七頁。

事としての「偉大さ」である。八つに分けられた語り（プロローグ、一日目――夜、二日目――朝、二日目――午後、三日目――朝、三日目――夜、四日目――午後、六日目――夜）の二つ目にあたる「一日目――夜」の叙述内で、スティーブンスは「偉大な執事とは何か」（四二）という考察を展開する。自分がこれまでに出会った執事たちの名を挙げて、そのあるべき理想像を示してゆくのだが、その中で彼は同じく執事だった彼の父親（スティーブンス・シニア）が語ったというインドの執事の逸話を挙げる。イギリス人雇い主のインド駐留に随行したこの執事はある時、食卓の下に一頭の虎が寝そべっているのを発見し、接客中だった主人に「お騒がせしてまことに申し訳ございませんが、ご主人様、食堂に虎が一頭迷いこんだようでございます。十二番径の使用をご許可願えましょうか」（五二）とそっと耳打ちをする。三発の銃声の後に再び現れた彼は、夕食時までには「最近の出来事の痕跡もあらかた消えていると存じます」（五三）と冷静に述べたという。他のいくつか（一つはスティーブンスの兄の戦死をめぐるもの）も含めたこれらのエピソードを通じて、スティーブンスの展開する執事の「偉大さ」についての思索は「品格」（四八）へと収斂してゆき、その有無を決定するものは、「みずからの職業的あり方を貫き、それに堪える能力」（六一）なのだと述べる。

未熟な者はちょっとの動揺にも「たちまちうわべがはがれ落ち、中の演技者がむき出し」になるのに対して、「偉大な執事が偉大であるゆえんは、みずからの職業的あり方に常住し、最後の最後までそこに踏みとどまれる」ことであり、まさしく「紳士がスーツを着る」ように執事職を身にまとい、「公衆の面前でそれを脱ぎ捨てるような真似は、たとえごろつき相手でも、どんな苦境に陥《おちい》ったときでも、絶対にいたしません。それを脱ぐのは、みずから脱ごうと思ったとき以外にはなく、それは自分が完全に一人だけのときにかぎられます」とスティーブンスは強調する（六二）。そして、スティーブンスは「品格」として定義されるその自己抑制のあり様を、イギリス人に特有のものとして国民性（あるいは文化的特性）と関連づけて、「執事」はイギリスにしか存在しないのだと主張する。以降も繰り返される執事の偉大さをめぐるこのような信念は、その妥当性はともかくとして、彼の半生を明らかにしてゆく叙述構造とも結びついている。

スティーブンスは執事としての高みを目指して職務に徹しようと努めるのだが[6]、『日の名残り』の叙述構造はむしろ、そのような「偉大な執事」という衣服あるいは仮面の下にあるものをほのめかすようにはたらいてゆく。そうした瞬間は、斎藤による指摘の通り、スティーブンス自身から明言されるのではなく、しばしば他の人物たちとのずれを通じて表される。

たとえば、「二日目――朝」の後半での話題となる「一九二三年の国際会議」ではヨーロッパ各国およびアメリカの要人や著名人が非公式にダーリントン・ホールへ集められて、ヴェルサイユ条約によるドイツへの制裁の緩和について話し合われていた。スティーブンスたちも裏方として参加者の世話やパーティの準備に追われていたが、その最中に、副執事として働いていた彼の父親が危篤状態に陥ったことが知らされる。父の様子を見に行くと危機的な状況であることが一目で分かる

（6）　スティーブンスも含めて、職務上のプロフェッショナリズムが果たす役割については［Ⅱ⑨人間の価値］を参照。

が、スティーブンスは「悲しいことだ。が、私は下へもどらねばならない」（一五一）と、職務に徹してパーティ会場へと戻ってゆく。そこでも数々の職務に対応しながら働き続けていたスティーブンスに、ダーリントン卿が「大丈夫か」と声をかけてくる。


「スティーブンス、どうした？　大丈夫か？」

「はい、なんともございません」

「なんだか、泣いているように見えたぞ」

私は笑い、ハンカチを取り出して、手早く顔をふきました。「申し訳ございません。今日一日の緊張のせいだと存じます」（一五二―一五三）

この場面を取り上げる斎藤が解説するように、彼は父親の危篤に際しての個人的な心情を一切述べていないが、実は「泣いているのかと思われるほど尋常ならざる様子」（斎藤、七八―七九）であることを間接的に伝えている。(7) その後間もなく父が亡くなったという知らせが届くが、それでも「いま行けば父の期待を裏切ることになると思います」と会場にとどまって仕事を続ける。

その夜にスティーブンスが感じた「達成感」は、大きな仕事をやり遂げたというだけでなく、父の死への個人的な感情を抑制しきったことによるものでもあることが分かる。先述のロッジらが取り上げていた、ダーリントン卿による密会の招集とケントンのプロポーズの受諾が重なった「あの夜」とも同様の叙述構造を備えている。もちろん、周囲の人物の方が間違っている可能性だってあるのだが、スティーブンスの「偉大な執事」や「品格」の議論を通じて、読者はその語りの下に彼が「何かを隠している」と示唆するモデルをそれとなく植え付けられている（それは『浮世の画家』の小野の語りでも用いられていた）。

またスティーブンスは職務上の必要性から、ケントンの部屋で毎晩「ココア会議」と呼ばれるミーティングを行っており、そこで屋敷の運営に関する情報交換を行っていたと語る。彼はそれが事務的なものであることを繰り返し強調する一方、二人の間で「軽い話題もなかったとは言え」（二〇六）ないこと（そしてケントンもそれがまんざらでもなかっただろうこと）をも同じく際立たせている。ケントンがスティーブンスの部屋に入ってきて、読書中だった彼に「何をお読みになっているのかしら」と尋ねる時にその関係は最も近づくのだが、それは互いを戸惑わせもする。

ミス・ケントンが私の前に立ち、その瞬間、まるで二人が別の存在次元に押しやられたかのように、二人を取り巻く空気が微妙に変化しました。うまく説明できず申し訳ありませんが、とにかく、二人の周囲が突然静まり返ったのです。そして、私の印象では、ミス・ケントンの態度にも急な変化が現われました。その表情には奇妙な真剣さが浮かんでいましたが、あれは恐

（7）　また別の場面では、レジナルド・カーディナルからダーリントン卿が道を踏み外しかけていることを聞かされてもスティーブンスは礼儀正しく応対しているが、レジナルドからの「君を怒らせてしまったようだ」（三二五）という言葉は、スティーブンス自身の説明から抜け落ちているものを示唆するようにはたらいている。

怖に近いものだったように思います。（二三六）

ケントンの動揺あるいは怖れは、執事としての衣服の下にあるものを垣間見てしまったことによると考えることもできるだろう。それはケントンと再会して、再び別れる場面でのスティーブンスの胸の痛みへと収束してゆくことになる。

スティーブンスの真情を徐々に開示してゆく『日の名残り』の叙述が周到に構築されたものであることは、イシグロもノーベル文学賞受賞スピーチ(8)で明らかにしている通りである。我々がここまで確認してきた「衣服」あるいは「仮面」とも呼びうる叙述戦略を「鎧」と称して、物語の最終章「六日目――夜」で語られる二人の再会場面でのやりとりを振り返っている。

イギリス人執事には最後まで感情の防壁を維持してもらい、その防壁によって自分からも読者からも自分自身を隠しきってもらう……。書いている途中のどこかで、私は無意識にそう決めていたのだと思います。いまやるべきことは、その無意識の決定を覆すことです。物語の終わりに近いどこかで、一瞬だけ覆そう。その一瞬を慎重に決め、まとった鎧に一筋のひび割れを起こさせよう。鎧の下にある大きくて痛ましい願いを、読者に垣間見てもらおう。

（『特急二十世紀』、五七、五九）

品格

スティーブンスの強調する執事の「偉大さ」を別の面からも検証しておこう。彼は「一日目――夜」のパートをイギリスの風景のすばらしさから始めており、旅の途中で感銘を受けたイギリスの田園風景独特の「品格」を強調して、それを「偉大さ」と結びつけている（四一―四二）。その要因は、外国の風景の「騒がしいほど声高な主張」とは一線を画した、「落着き」と「慎《つつ》ましさ」（四二）にあるとしている。それに続けて、本章でも検討してきた「偉大な執事」の議論が述べられており、両者が慎ましさや抑制によって緊密に結びつけられる叙述構造を見事に表している。[9]

また執事の「偉大さ」を「偉大な主人」に仕えることと関連づけている点も注目に値する。すなわち、執事としての研鑽を絶やさないと同時に、「文明の将来をその双肩に担っておられる偉大な紳士淑女に、全力でご奉仕すること」（二八八）と、より大きな存在に自分を委ねることで自身の偉

（8）　『特急二十世紀の夜と、いくつかの小さなブレークスルー――ノーベル文学賞受賞記念講演』土屋政雄訳、早川書房、二〇一八年。

（9）　この小説で展開される「イギリスらしさ」(Englishness) について、文化的背景も含めて包括的に論じた、金子幸男「執事、風景、カントリーハウスの黄昏――『日の名残り』におけるホームとイングリッシュネス」（『カズオ・イシグロの視線』、二二九―二五四頁）も参照。また、「らしさ」をめぐる議論については［Ⅱ⑩ステレオタイプ］も参照。

大さを補強しようとする姿勢は、『浮世の画家』で自分を偉大な（prestigious）画家と見なし、師匠として弟子を抱えていた小野とは異なっている。スティーブンスは自分の限界をわきまえた上で自尊心を保つための理路を織り上げる。

私どもが世界の大問題を理解できる立場に立つことは、絶対にありえないのです。とすれば、私どもがたどりうる最善の道は、賢く高潔であるとみずからが判断した雇主に全幅の信頼を寄せ、能力のかぎりその雇主に尽くすことではありますまいか。（二九〇）

そして見逃すべきでないのは、後の説明が小野とはまた違った戦略で行われる、自分の過去に対する弁明にもなっている点である。スティーブンスは自動車旅行の途中で、何度かダーリントン卿との関わりを疑われて否定するが、彼は少なくとも自分の判断力がダーリントン卿よりも優れている（自分には卿の過ちが本当は分かっていた）ことを示したいわけではない。むしろ、ダーリントン卿の行為が結果的に間違ったものになってしまったからといって、それまで自分が執事として最善を尽くしてきた仕事までが間違いだった、あるいは無駄なものだったと思いたくはないという、ささやかな自尊心を何とか守りたい気持ちの表れだと見るのが妥当だろう。

卿の一生とそのお仕事が、今日、壮大な愚行としかみなされなくなったとしても、それを私の落ち度と呼ぶことは誰にもできますまい。私がみずからの仕事に後悔や恥辱を感じたりしたら、

それはまったく非論理的なことのように思われます。（二九一）

最善を尽くしたと思ってきた自分の人生が振り返って見れば実は誤った道で、「無駄に終わった」と感じられてしまう状況に対して何らかの説明や因果関係を求めたくなる心情[10]である。スティーブンスの語りが、（『浮世の画家』の小野と同様に）旅の途中で書き継がれてゆく旅行記録《ジャーナル》の記述を模したものであることも、彼の認識が少しずつ変化して正面から過去と向き合えるようになってゆく過程に立ち会っているかのような効果を読む者に与えている。

物語の終盤、ウェイマスの埠頭のベンチでたまたま隣に座っていた男に身の上話をしながら、それまでの語りの中で示してきたダーリントン卿と自身に対する評価に修正を加える。彼はダーリントン卿が悪い人物ではなく、最後には自分が過ちをおかしてしまったと認める「勇気のある方」だと評し、それとは対照的に自身の行為はそれまで思っていたような「偉大な」ものではなかったと語る。

「〔……〕卿は勇気のある方でした。人生で一つの道を選ばれました。それは過てる道でございましたが、しかし、卿はそれをご自分の意思でお選びになったのです。少なくとも、選ぶこと

（10）　バートレットの「意味を求める努力」（effort after meaning）と関連づけるドゥロンクの議論も参照。また［I②『画家』］の議論も参照。

をなさいました。しかし、私は……私はそれだけのこともしておりません。私は選ばずに、信じたのです。私は卿の賢明な判断を信じました。卿にお仕えした何十年という間、私は自分が価値あることをしていると信じていただけなのです。自分の意思で過ちをおかしたとさえ言えません。そんな私のどこに品格などがございましょうか？」　（三五〇、原著に従い強調）

だがイシグロは、小野の場合と同様にスティーブンスの視野［II⑫］が特別に狭いと示しているわけではない。彼はインタビューでの自作解説で、「我々は執事のようなものだ」とコメントしており、我々の視野も多かれ少なかれ限定されたもので、その中でベストを尽くすしかなく、その点でより善き主人に仕えることで自尊心を保とうとするスティーブンスと変わらないのだと強調する。イシグロは、彼らが特に愚かなのだというのではなく、むしろそれが普通（ordinary）（Interview by Vorda and Herzinger 86）であることの比喩《メタファー》として執事を用いていると述べる。

我々の多くは、このような小さく、些細な職務を行っているにすぎず、世界を動かそうともしないという点で、執事のようなものです。我々は自分の力の中でベストを尽くすだけです。我々は自分よりも上位の人物や組織、理念、あるいは国家に対して貢献することで尊厳《プライド》を得ているのです。我々は、自分が貢献している、この大きな存在が善きものである（そして悪いものではない）と納得することで自身の品格（dignity）を引き出しているのです。我々はたいてい、いま起こっていることについて十分に知ることはできませんし、そういうものだと私は思

っています。我々は執事のようなものなのです。（87）

そしてスティーブンスはダーリントン卿を追って自ら命を絶つこともなく、変化する時代に合わせて自分を変えながら生き続けることを選ぶ。その姿は『浮世の画家』の結末での隠棲的な小野よりもさらに前向きなものと言うことさえできる。以前の自分ならば「偉大な執事」に必要な技術としては受け入れることのできなかった、得意とも言えないジョークを練習して、新しいアメリカ人の雇い主のために努めようとする彼の姿は、決して無惨な諦めと切り捨てられるものではないだろう。

④

『充たされざる者』の夢ぎわの町

――ゆがむ空間と時間

一九九〇年に『日の名残り』でブッカー賞を獲得したイシグロが、一九九五年に出版した次作『充たされざる者』（*The Unconsoled*）は、その分量（原著で五〇〇頁以上、翻訳版は文庫で九〇〇頁あまり）だけでなく、前作『日の名残り』の静謐な雰囲気とは対照的な作風が多くの読者を戸惑わせた。

語り手のピアニストのライダーは、「木曜の夕べ」と呼ばれるコンサートのためにヨーロッパのどこかとおぼしきある「町」を訪れる。チェックインしたホテルのエレベーターにポーターとともに乗るが、その中でポーターは客の荷物を床に置かずに持ち続けることが自分たちの職務にとってどれほど重要であるか、長広舌をふるう。さらに、エレベーターには実はもう一人女性が同乗していたことにライダーは突然気づき、彼女はライダーがこの町に滞在する間のスケジュール管理に関わっていると挨拶する（だが彼は最後までその予定の全体像を目にすることがない）。エレベーターが目的階に着くまでにこうしたやりとりが翻訳で一〇頁以上にもわたって続く冒頭は、この小説は「何かがおかしい」と読者に気づかせるに十分である。そしてホテルの部屋に入ったライダーは、そこがかつて幼少期に過ごしていたおばの家の部屋である（似ている、ではなく）ことに気づく。その途端に彼の脳裏には、床の緑色のマットにプラモデルの兵隊を並べて遊んでいた記憶がよみがえり、そこはしばしば両親のけんかを逃れて彼が引きこもっていた「少年時代の聖域」（三四）であったことを思いだす。

叙述は明瞭なのに、結局何が起こっているのかはっきりしない作品世界はしばしばカフカにも比され、「カフカ的」（kafkaesque）ならぬ「イシグロ的」（Ishiguroesque）と評するものも見られた。冒頭場面でも顕著なように、会話や移動行為によって喚起される時間や空間の感覚は、我々のいわゆるリアリズムとはしばしば一致していない。それはライダーが出会う人物との関係にも表れており、初めて来た町であることが示唆されているのに、初対面であるはずの女性（先述のポーターの娘）ゾフィーが彼と夫婦であるかのような会話を始めると、彼もずっとそうだったような気になり、その息子ボリスも含めて家族のように振る舞う。

彼女は目の前で、その家についてさらに詳しい説明を始めた。わたしは黙って話を聞いていたが、どう答えてよいのか分からないというのは、その理由の一つにすぎなかった。いや実際、二人で座っているあいだに、だんだんゾフィーの顔に見覚えがあるような気がしてきて、いま

ではおぼろげながら、少し前にちょうど森のなかのそんな家を買う話をしていたことまで、記憶にある気がするのだった。（六六）

『充たされざる者』はこのように一風変わった作品なのだが、その構造や主題《テーマ》については一九九五年の出版以来、インタビュー等でのイシグロ自身の説明だけでなく、批評家たちによる詳細な考察も積み重ねられており、本作が何を表そうとしているのかは比較的明らかになっている。本章はこうした特徴を確認しながら、その特異なスタイルによってイシグロにもたらされた創作上の「自由」（freedom）とは何なのかを検討してみたい。

鬼子的な問題作なのか

イシグロは『充たされざる者』を執筆するにあたり、「夢の中のような法則」（"dream grammar"）を参照したとしばしばインタビューでも述べている。(1) そしてそこが何でもありの世界というわけではなく、重要なのは「何らかの法則にもとづいていると読者が感じられること」（Interview by Olivia 123）だと述べ、たしかに人々は奇妙な言動を繰り返しているが、「その法則はせいぜい八つか九つくらい」（Interview by Dylan Otto Krider 132）だと強調する。この世界を統括するルールは、イシグロ自身が説明するように「時間の経過や空間の感覚、人の行動さえも普通とは違うし、記憶も日常とは違うはたらき方をしている」（Interview by Olivia 123）。たとえば時間や空間の感覚の変容については、作品内での人物たちの言動が、我々が日常的に行うものに比べて奇妙に時間がかかりすぎていたり、逆に短くなったりしているように読者には感じられる。先ほど挙げた作品冒頭以外にも、ホテルから車で案内されたはずの晩餐会の会場が、実は同じホテルのアトリウムだったことが明らかになる場面（二六三―二六四）などは顕著なものの一つだろう。

また別の奇妙な特徴としては、ライダーの一人称による語りが、普通なら知覚できないはずのものにも焦点を当てて描写していることも挙げられる。第五章でライダーは、ホテルの支配人ホフマンの息子でピアニストの青年シュテファンとともに行動するが、シュテファンがミス・コリンズ（ブロツキーの元妻）の家に入っていった後も、ライダー自身は家の前に停められた車の中にいるにもかかわらず、屋内の様子や二人の言動を、まるでそこに同席しているかのように詳細に述べる。

　わたしは彼女がシュテファンを表に面したこぢんまりと整った応接間へ案内し、それからまた次のドアを開けて、両側の壁に額入りの小さな水彩画のかかった薄暗い廊下へと連れだすのを見ていた。廊下のつきあたりに、ミス・コリンズの住まいの居間があった。建物の奥の、広いL字形の部屋だ。照明は控えめで心地よく、一見したところ、その部屋は古風ながら、とても豪華で優雅なものに思えた。しかしもう少しじっくり観察してみると、家具はたいてい使い古しのおんぼろで、最初アンティークだと思ったものは、がらくたに近いようだ。（一〇四）

（1）　Kazuo Ishiguro, Interview by Cynthia Wong and Grace Crummett. *Conversations with Kazuo Ishiguro*, edited by Brian Shaffer and Cynthia Wong, UP of Mississippi, 2008. p. 209.

通常の一人称の語りでは不可能なはずのこのような詳細な描写が『充たされざる者』の特徴の一つで、こうした過剰さと後に検証する情報の欠落によるアンバランスはこの作品の不思議な感覚をもたらす一因ともなっている。(2) そして心理描写においても一人称ではありえないはずの描写(3)が語り手によって行われる。

第六章でシュテファンの車に乗せてもらっていたライダーは、その横顔を眺めながら、彼が「数年前の出来事を思い出している」のに気づく。そして、それがこれまでにも何度も頭に浮かんできたことで、「また彼の心に浮かんできた」(一一八―一一九)のだと、他人の心情にも入り込む全知の語り手であるかのように状況を描きだす。それに続いてライダーは、シュテファンが母親の誕生日に両親の前でピアノを演奏した時の様子を、その時にシュテファンが感じた「まぎれもない恐怖」(一一九)に加えて、両親の詳細な表情とそれが暗示する彼らの落胆と息子に対する哀れみの気持ちも交えて描写する。

シュテファンが「木曜の夕べ」のステージ上で実際に演奏する時(第三四章)にも、ライダーは客席側にいるにもかかわらず、シュテファンが演奏を止めてステージの袖《そで》から裏手に降りてゆき、父親のホフマンと会って言葉を交わす様子を語る(八四〇―八四六)。その後シュテファンはステージに戻って演奏を再開するが、その時には彼の心情に入り込むように「自分の心の奥底に、これまで何年か忘れていた恐怖」、すなわち「父親が言ったことは正しく、実のところ自分はとんでもない思い違いをしているのではないか」(八四六)という、シュテファン自身の才能についての不安を描出している。

置き換えられた人物たち

先ほど挙げた、初対面のはずの女性ゾフィーと夫婦であるかのような会話を交わす場面のように、夢の中ではある人物が、実は以前に出会っていた別の重要人物を意味するはたらきがある。このような表象は、夢の映像として表される顕在内容（manifest content）とそれが当人にとって意味している潜在内容（latent content）の組み合わせ、あるいは隠喩的な「置き換え」（displacement）とし

（2）　とはいえ評価が分かれる作品であることは事実で、翻訳家・アメリカ文学者の柴田元幸はイシグロ作品で最も好きなもの（『ユリイカ』二〇一七年一二月号（特集：カズオ・イシグロの世界）、四〇頁）として挙げているのに対し、小説家の保坂和志は、「何が起こっているか分かると、とたんにつまらなくなってしまった」から「半分の長さでよかった」、と厳しめの評価を与えている（『言葉の外へ』河出文庫、三〇頁）。

（3）　一人称や三人称など、一般的には「視点」（point of view）と呼ばれる要素は、物語論（narratology）において「焦点化」（focalization）の概念として精緻化されており、その嚆矢にはジェラール・ジュネットの『物語のディスクール――方法論の試み』（花輪光・和泉涼訳、水声社、一九八五年）での定義が知られている。ピーター・バリー『文学理論講義――新しいスタンダード』（高橋和久監訳、ミネルヴァ書房、二〇一四年）の記述や文献紹介も参考になる。また、遠藤健一『物語論序説――〈私〉の物語と物語の〈私〉』（松柏社、二〇二一年）の第一章は「物語論の臨界――視点、焦点化、フィルター」と題してジュネットやシーモア・チャトマンの理論モデルを概説している。

て知られている。イシグロは夢が持つこのような性質が、彼に創作的自由をもたらしたことを明かしている。(4) そうして書かれた『充たされざる者』の、まるで夢の中のようなゆがんだ空間と時間の感覚の中で出会う人物たちには、語り手であるライダー自身の境遇が投影されている。『充たされざる者』の訳者である古賀林幸が「訳者あとがき」で記すように、語り手の少年時代から老年期までが「他人のかたち」(九四三) で出てきたもの。つまり、すべてが彼自身にまつわる話となっている。

まず少年ボリスはライダーの幼少期の姿を投影したもので、ライダーと二人でいる時には彼の幼少期の父親との関係を反映しており、また、彼らが母親のゾフィーも交えて三人でいる時には、家族の姿を映したものだということができる。それはウォンが指摘するように、ライダーにとって幼少期における親との関係が特に重要であることを示している (Wong 74)。にもかかわらず、それは円満な家族とはとても言いがたいもので、ボリスがしばしば仕事に忙殺されるライダーに放っておかれたり、約束を反故《ほご》にされたりする場面が描かれる。つまり、この時のライダーには幼少期の彼の父親の姿が重ね合わせられており、ウォンがまとめるように、結果的に彼は(父親に受けていたと想像される)過去のトラウマ的な行為を繰り返してしまっている(5) (Wong 74)。つまりゾフィーとのやりとりは、現在のライダーが父親としての資質を欠いているだけでなく、彼の父親もそうであったことも示唆している。

過去、現在、未来の「亡霊たち」

また「木曜の夕べ」に参加しようと練習に励むシュテファンにも、音楽家として駆け出しの頃のライダーが抱えていたであろう期待と不安が投影されている。先述の引用にも表れていたように、彼は自分のピアニストとしての才能が両親を満足させられるほどのものではないことを気に病んでいた。彼の演奏を聞いた両親が落胆するのを何度も目にしてきたが、父親のホフマンから「木曜の夕べ」への出演を提案されて、やはり不安を覚えながらも、今度こそ「両親を驚かせるチャンス」(一三六)だと確信する。ライダーは果敢にも難曲に挑むシュテファンの練習を聞きながら、「大丈夫だ」と心の中で声をかけてやる。

ボリスやシュテファンが両親に対して抱く期待と不安は現在のライダー自身が抱えているものでもある。彼も「木曜の夕べ」の演奏を聞きに来てくれることになっている両親をしきりに気にかけており、それが彼自身へのプレッシャーにもなっている。彼は町での滞在中のスケジュール管理をしてくれているシュトラットマンやホフマンに何度も両親のことを尋ねるし、両親に聞かせるための演奏の準備ができていないことに思いいたって「ぞっとする不安」(五七九)を感じたりもする。だが両親が演奏を聞きに来てくれるはずだ、というライダーの期待も結局成就することはないのである。

(4) Kazuo Ishiguro, Interview by Maya Jaggi. *Conversations with Kazuo Ishiguro*, p. 114; Kazuo Ishiguro, Interview by Peter Olivia. *Conversations with Kazuo Ishiguro*, p. 123.

(5) 『遠い山なみの光』で佐知子の行為を反復してしまう悦子、あるいは『浮世の画家』で師匠のモリさんの言葉を繰り返していた小野のことも思い起こさせる。

また、この夢の中のような世界でライダーは「自分の過去や未来の姿と出会っている」(Jaggi 114) とイシグロが解説するように、過去への回帰だけでなく、未来への不安もそこには投影されている。(6) 町に住む老人ブロッキーは、かつては優秀な指揮者であったが現在はただの酔っ払いとして町の人々からやっかいな存在と見られている。それはいずれ年老いて才能が枯渇してしまうのではないかという、将来に対するライダーの不安を反映してもいるのだが、ブロッキーもかつての栄光を取り戻そうという気持ちを抱いている。また彼は元妻のミス・コリンズとよりを戻したいと考えており、今回の「木曜の夕べ」で自分が音楽家として見事な復活を果たせばそれが叶うのではないかと期待している。コリンズにはそのようなブロッキーの手前勝手にも映る計画に乗る気はほとんどないのだが、それでもブロッキーは彼女に「今度ばかりは、道が見えた」と訴えかけ、「また指揮者になる。きみが戻ってくる。そうすればまた昔のように、いや、昔以上に、よくなるかもしれない」と信じて(五七七)、(その様子を見ていたホフマンの報告によれば) 猛練習に励んでいる。だが、我々がここまで確認してきた『充たされざる者』の叙述構造を踏まえて見れば、「今度こそ」と奮闘するブロッキーの姿も、もうコリンズを取り戻すことはできないのではないかという、この悪循環から抜け出せない陰鬱な可能性も示している。

このように『充たされざる者』では、夢の中のような時間と空間の感覚や、圧縮と置き換えによる隠喩的な多重投影によって、町にとっての「外部者《アウトサイダー》」であったはずのライダーが同時に「内部者《インサイダー》」(Shaffer 94) でもあるという状況が描かれている。過去を想起するのに「フラッシュバックの代わりに夢の中をモデルにした」(Interview by Maya Jaggi 114) という町の中で、ライダーは自分の過去の知人たちとも次々と出会ってゆく。

夢と想像力の叙述空間

『充たされざる者』がいわゆる「リアリズム」の世界の物語ではないことを示す指標の一つが、ライダーが訪れた映画館で上映されていた『二〇〇一年宇宙の旅』である。そこには「クリント・イーストウッドとユル・ブリンナー」(一六六)が出演しており、さらに、「有名な場面」として「ユル・ブリンナーが部屋に入ってきてイーストウッドの顔の真ん前で手をたたき、早撃ちのスピードを試すところ」があるという、我々が知っている『二〇〇一年宇宙の旅』とは明らかに異なる代物である。イシグロにしてみれば、この点がまさに「『充たされざる者』が現実生活のリアリティとは異なるものであることを示す」はずであったのだが、彼の編集者を含めて多くの人々が「クリント・イーストウッドはこの映画には出ていませんよ」と指摘してきたために、「ひどい失敗だった」(a bad mistake) (Interview by Krider 127) と振り返っている。

『充たされざる者』に描かれるのは「想像力の風景」(landscape of imagination) (Interview by Krider 131) だとイシグロは語っており、このような風変わりな作品を書くことは自分の作家キャリアに

---

(6) ルイスは、語り手ライダーの過去、現在、未来が投影される『充たされざる者』の構造を、チャールズ・ディケンズの『クリスマス・キャロル』になぞらえて、ボリスを「ライダーの過去の亡霊」(a Ghost-of-Ryder-Past) (120)、ブロツキーを「ライダーの未来の亡霊」(a Ghost-of-Ryder-Future) (113) と名づけている。

とって必要だったと強調する。彼はいくつかのインタビューで、『日の名残り』に代表されるそれまでの作品から離れる、ゴチャゴチャと乱雑な（messy）面や、「あいまいなものや混沌としたもの」（the uncertainty and chaos）（Interview by Jaggi 117）を望むようになったと述べている。(7)しかし、このような極端な転向にも思われる傾向も、それまでの作品にすでに含まれていたものであることは確認しておいてよいだろう。すなわち、それまでは比較的リアリスティックな叙述に織り交ぜるように挿入されていた要素を、『充たされざる者』においてはリアリズムの体裁から逸脱することもいとわずに追究したのだということができる。イシグロ自身も、最初の三作品を「静かにしようとしたつもりもない」（Interview by Jaggi 112）とも述べている。(8)『遠い山なみの光』での、悦子が自分の娘であるかのように万里子に呼びかける場面や、『浮世の画家』での時間順ではなく連想によってつながれる叙述、および複数の人物の発言があいまいに重ね合わせられる描写（この手法は『日の名残り』でも見られる）などからも、彼はもともと野心的に技法を試す作家であることが見て取れる。(9)

現実の中の非現実を照らしだす

この異化効果をもたらす一見奇妙な描写は、単に非現実的な描写を狙っているのではなく、現実に含まれるちょっとした違和感を増幅させたものだと言うことができるだろう。たとえばライダーが始めは自分の妻や友人の顔を思いだせないように見える様子は、彼が記憶喪失（amnesia）に陥っているようにも思われる。だが私たちも何年も経った後であれば人の顔を忘れることは頻繁に起るのであり、ライダーの場合にはその期間が数日間に圧縮してある（Interview by Krider 133）ために奇異に感じられるのだとイシグロは述べる。このような奇妙な効果は、語り手としてのライダーの視野が、（三人称的に）よく見えている面と、そうではない面とが極端に不均衡であることによってもたらされている。(10)

そして昔の行為を繰り返してしまうのはライダーだけではない。『充たされざる者』では、ボリ

（7）『日の名残り』の出版間もない頃のインタビューでも、次回作についてのコメントで「乱雑な」（messy）を繰り返している。そして結果的に、『日の名残り』のようにコントロールされた方法でなく、「奇妙な連結」（a strange dovetailing）（Interview by Jaggi 112）を用いた作品ができあがったと振り返っている。

（8）インド系英語作家サルマン・ラシュディ（Salman Rushdie）は「執事が見なかったもの」（小野寺健訳、丸谷才一編著『ロンドンで本を読む――最高の書評による読書案内』光文社、二〇〇七年、七〇―七五頁）と題された書評で、『日の名残り』の文体について、穏やかな表面を「一皮むけば、地味ながら大きな動揺が隠れている」（七二）と形容している。

（9）武田将明「カズオ・イシグロ『充たされざる者』（一九九五年）――疑似古典主義の詩学」（高橋和久・丹治愛編『二〇世紀「英国」小説の展開』松柏社、二〇二〇年、四六三―四八七頁）は『充たされざる者』をイシグロの本質を最もよく表す「メタ・イシグロ小説」と位置づける先鋭な読解を示している。

（10）ライダーの限定された視野についてイシグロは、彼の過去の想起の仕方が、「過去の暗闇に光を差し入れて見ようとする」ようなもので、「それは真っ暗な部屋を松明《たいまつ》の明かりを持って捜索するようなもの」（Interview by Krider 132）だとたとえている（この点は［Ⅱ⑫視野］も参照）。またイシグロが過去の記憶を空間的にとらえている点については［Ⅱ⑤家］も参照。

スやシュテファン、ブロツキーといったライダー自身を反映する人物たちも含めて、人々は過去と同様の行為を何度も繰り返してしまう、循環的な時間構造に従っていることが次第に明らかになる。そして、彼らはそのような過去の悪循環を断ち切って、町を再生させるものとして「木曜の夕べ」に期待をかけていることが強調される。町の人々はそれぞれに失敗や喪失の経験の記憶を抱えており、「今度こそやり直したい」という期待を持っている。つまり、「木曜の夕べ」の音楽会という公的なイベントの成功が、彼ら個々人の抱える個人的な問題や懸念も解消してくれるものとして過大な期待をかけられているのである。

たとえば「木曜の夕べ」に向けた準備を統括する、ホテルの支配人のホフマンにとってそれは妻との関係を改善する糸口でもあった。彼と妻との馴《な》れ初《そ》めは共通の話題が音楽だったことだが、ホフマンは彼女との付き合いを継続するために、自分が作曲もできる音楽家であるふりをし続けていた。彼によれば結婚後間もなく妻が彼のことを「見抜い」(六一七)て、いずれ二人の話題にのぼらなくなったのだが、結婚して二〇年以上経った今でもホフマンはそのことを気に病んでいた。そして自分では作曲できなくても、音楽に関わる何らかのプロジェクトを成功させることでその埋め合わせをする機会を狙っていたのである。そんな彼にとって「木曜の夕べ」の企画はまたとない好機であり、壊れてしまった(と彼が確信している)妻との関係を修復するきっかけになってくれることを心待ちにしている。

そしてホフマンが抱く期待は、彼に焚きつけられて再び指揮者として立ち上がり、音楽家としての自己《アイデンティティ》とともに元妻のミス・コリンズを取り戻すことを決意したブロツキーとも重なっている。

彼らはパートナーからの愛情を取り戻すために、「今度こそは」と諦めることのない不屈の闘志で壁に挑み続けているのだが、それは同時に、彼らが過去のわだかまりをきっぱりと捨てて新たな方向に進むことができないことも意味している。つまり、彼らの再挑戦への期待は、（ほとんど成功することはないだろうと本人も薄々気づいているにもかかわらず）それを諦めることを許さない、残酷な呪縛ともなっている。

外から来た内部者《インサイダー》

過去の失敗から何とか復活しようともがく人物たちの一方で、町の事態の変革を内部者《インサイダー》である住人たちの自力ではなく、有力な外部者《アウトサイダー》の力を借りて成し遂げようとする人々の姿も描かれる。そのような人物の一人として、音楽家のクリストフがいる。彼は町にやって来た当初は人々の期待を一身に受けてその文化的向上のために尽力していたが、彼の目指す音楽の斬新すぎる方向性が理解されないために生じたすれ違いによって、現在は人々から蔑《さげす》まれ、疎《うと》まれるようになってしまった。また、町を変革しようとしながら結果的に悪い方へと転換させてしまった神話的人物として、マックス・サトラーの名前も挙げられており、こうした人物たちは人々から「ときには恐れられ、ときには嫌悪される。そしてときには、彼の思い出が尊敬されている」（六六一）という愛憎入り交じる複雑な感情を喚起することが述べられる。そしてサトラー記念館（the Sattler monument）でライダーがジャーナリストに求められるまま写真撮影に応じたことに、町の人々は不穏な予兆を感じ取る（六六二）。

そのような歴史を抱える彼らにとって、今回の「木曜の夕べ」は、(一抹の不安を伴いながらも)それまでの悪循環を断ち切って、今度こそ新たな方向へと町を動かしてゆくのだという期待の象徴でもある。そしてその目玉として著名なピアニストであるライダーに、人々は自分たちではとうてい達成できないような様々な頼み事を託してくる。

このような状況には、町の危機を救うという使命を外部からやって来た英雄的な人物に依存しようとする心情と、そうした(見当違いの)期待を背負わされた英雄的人物(セレブリティ)の戸惑いがよく表れている。だがこれまで見てきたような経緯からも、今回のライダーの試みがおそらく成功しないだけでなく、彼らはやはり同じことを繰り返してしまう無限ループから逃れられないだろう、という陰鬱な可能性が色濃く示されている。(11)

そして、人々はそのサイクルから逃れることができず結局失敗してしまう。ブロツキーは指揮に熱中して興奮するあまり舞台で転倒してしまうし、シュテファンは奇跡的な演奏を行うものの、両親はその最中にいたたまれなくなって会場を出てしまう。だが彼らはそれらの傷が癒えることを本当に望んでいたのだろうか。むしろ、そのような期待が挫折して傷が残り続けることを含めて、彼らは自分の欲望を反復し続けているようにも映る。ホフマンは全力を注いできた演奏会が散々な結果に終わってしまったことに幻滅して、妻の前で「拳をひたいのあたりに持っていく」(八九一)動作をするのだが、それはまるで自分が失敗することを予期していたかのように、事前に練習していたものだった。彼らにとっては過去の傷を反芻し続けること自体が自己目的化し、存在の根幹となってしまっているのである。

ブロツキーは演奏が失敗に終わりながらも、まだミス・コリンズを取り戻そうとし続けるが、そんな彼に対してコリンズは、結局ブロツキーが愛していたのは自分自身の「小さな傷」だったのだと言い放つ。

「ああ、どんなにあなたが憎いか！　わたくしに人生を無駄に過ごさせたあなたが、どんなに憎いか！　わたくしは絶対にあなたを許しません！　あなたの傷、あなたのばかばかしい小さな傷！　それがあなたのほんとうの恋人なのよ、レオ。あの傷が、あなたの生涯のただ一人のほんとうの恋人！〔……〕」（八七四）

またライダーも演奏できなかったばかりか、両親が聞きに来るはずだという予測が思い込みであったことを自覚する。彼は「今度こそ、とうとう両親が来ると確信していたんです」「両親はこの町のどこかにいるはずです」（八九九）と訴えて、ついにすすり泣き始める。そして彼は再び「次こそは」という期待を抱きながらゾフィーやボリスとも別れ、次の場所であるヘルシンキへと思いをはせる。

（11）　こうした循環的な時間を象徴するものとして、「町じゅうを回る」（九三六）路面電車が、ライダーの人生の「慢性的な袋小路を表す反復のサイクルの隠喩《メタファー》」（ドゥロンク、一九五）であることを挙げる論者もいる。

さらに拡張された読解へ

このような手法を用いて叙述される『充たされざる者』は、そのあいまいさや抽象性ゆえに、我々の現実世界の諸相を反映する寓意としても読まれてきた。[12] ライダーが世界を飛び回る著名なピアニストであることに着目し、グローバリズムやコスモポリタニズムが進んだ世界でのコミュニケーションや連帯の可能性を探る試みとして論じるものには、ブルース・ロビンズ（Bruce Robbins）やワイチュウ・シム（Wai-chew Sim）の論考がある。また、舞台が中央ヨーロッパの雰囲気でもあることから、ＥＵ的な連帯にもとづくユートピアと関連づける論考には、フーコーの「ヘテロトピア」概念を取り上げたリチャード・ロビンソン（Richard Robinson）の論や、「コミュニケーションなきコミュニティ」や「分有」、「共有されるもののない共同体」という観点からのナタリー・レイタノ（Natalie Reitano）によるものもある。出版から二〇年以上を経てなお、イシグロの著作群の中で異彩を放ち続けているが、現在にいたって、現実の世界が混迷を強めるほどにその作品のリアリティを増している、まだまだ可能性がくみ尽くされていない作品だと言うことができるだろう。

（12）　この点は、霧に包まれて混沌とした『忘れられた巨人』が世界各地で頻発する内戦や紛争の寓意だけでなく、イギリスのＥＵ離脱（ブレグジット）とも関連づけられていることも思い起こさせる。

⑤ 『わたしたちが孤児だったころ』の拡大鏡

――見えているようで見えていない

限定された視野の中で行われた決断が後には間違いだったと裁定されてしまう可能性はイシグロ作品の主要テーマの一つであるが、それは人物たちの視野の狭さや記憶のあいまいさを批判的に示しているわけではない。むしろ、これまでの章でも見てきたように、我々の多くもそのように不完全であいまいな記憶によってしか自分の主体性を作ってゆくことができないという悲哀でもある。そして同様のことが、過去の事件の真相を見事に再現する、記憶の名手であるはずの探偵にも起こりうることが、『わたしたちが孤児だったころ』(*When We Were Orphans*, 2000) に描かれている。

探偵の拡大鏡とゆがむ視野

この小説を一読して気づくのは、事件を解決する探偵というモチーフが自分自身の過去という謎《ミステリー》を探る行為へと重ね合わせられていることだが、その構造は作品の冒頭で示される、探偵の象徴的アイテムである拡大鏡をめぐるエピソードにも端的に表れている。主人公クリストファー・バンクスは一四歳の時に同級生の友人から拡大鏡をプレゼントしてもらう。その時バンクスを驚かせたのは、周囲には秘密にしていたつもりの将来の計画が友人たちに知られていることだった。彼らは「きみは探偵になるつもりらしいから、こういうものがいるんじゃないかと思ったんだ」(一八)と、半ばからかいを込めて贈ったのだが、拡大鏡に対するバンクスの想像以上の執着ぶりは彼らをたじろがせるほどだった。バンクスは探偵となった現在でも、「実のところ拡大鏡は人気のある探偵小説で扱われるほどには重要な道具ではないかもしれない」(一九)と感じながらも、それを大切に保持し続けている。

『わたしたちが孤児だったころ』において、この拡大鏡という器具と、それを用いる探偵というモチーフが示すのは、事象の一部を詳細に検証できるようになる可能性と同時に、それ以外の部分が見えなくなってしまう危険性である。そのことは、周囲には完全に隠しているつもりだった探偵になるという夢が友人たちには知れ渡っていたという認識のズレにも端的に表れており、その後増大してゆくバンクスの語り手としての「信頼できなさ」(unreliability)の一端も示唆している。バンクスが探偵として未熟だというよりも、常人には見えないものを見通して事件を解決する明晰な洞察力を持つ探偵でさえ、このような視野狭窄から逃れることができない[1]と、この小説の構造と描写は如実に示している。

バンクスは名探偵としての名声を得ながらも、結局は彼にとって最も重要であるはずの両親失踪事件を解決することができない。しかしそれを、彼は自分で語っているほどの名探偵ではなかったのだと結論づけるよりも、名探偵と呼ばれるほどの人物であっても視野の限界と記憶の再構築性という陥穽から逃れることは困難なのだという点から考察を進める方が、得られるものが多いだろう。本章では、拡大鏡そして探偵というモチーフに典型的に象徴される「過去の再構築」という行為の功罪がどのように展開されているかを検討して、イシグロの作品群における本作の位置づけをあらためて確認してみたい。そのことにより、記憶とは本質的に断片から再構築されたものであって、「捏造された／正確な」記憶という対立は一般的に思われるほど自明なものではないという、これ以後のイシグロ作品にも通じる記憶観が、本作において独特な形で展開されていることが分かるだろう。

この小説はバンクスが評判どおりの名探偵として行動するロンドンでのパートと、幼少期に起こった両親失踪事件の捜査をするために上海に戻って来るパートに分かれている。序盤での拡大鏡をめぐるエピソードの構図を反映するように、ロンドンではバンクスの言動は比較的理性的で合理的なのだが、上海に入ってからは周囲の状況が混迷の度合いを増してゆくだけでなく、彼の認識自体

（1）　「Ⅱ⑫視野」参照。また、見る（理解する）という行為にはそこから抜け落ちる「盲目」が常に背中合わせになっている、あるいは行為そのものの中に含まれていることを、文学作品の鮮鋭な読解で浮き彫りにするポール・ド・マン『盲目と洞察について――現代批評の修辞学における試論』（宮﨑裕助・木内久美子訳、月曜社、二〇一二年）は難解ながら示唆に富んでいる。

が次第に混濁してゆく。(2)ロンドンでのバンクスは探偵然としているだけでなく、周囲の反応からも彼がそれなりの功績をあげている著名人であることがほのめかされている。そして彼の評判は上海に来てからも持続しており、当地の上流社会の人々の間でも共有されているようである。彼が捜査の根拠とする、失踪から二〇年以上を経た後であるにもかかわらず「両親はいまでも上海のどこかにとらわれている」という確信に、読者は少なからぬ疑いを感じざるをえないのだが、作中ではその点にほとんど誰も疑義を差し挟むことがない。つまりバンクスの語りは必然的に、彼が語ろうとする（そして信じている）ものと同時に、そこからこぼれ落ちている（であろう）ものの存在を時折示してゆく。そして上海を舞台に展開される物語後半ではそのゆがみと空隙が大きくなることで読者の不安も増大する構造になっている。

それは前作『充たされざる者』も明示していたように、語り手の意志的な叙述の構築の外側（あるいは裏側）には、意のままにならない無意識という広大な混沌《カオス》が広がっているのだというイシグロの認識をよく表している。つまり名探偵を自称しながらも、両親の行方に関して合理的な判断力が不足している（希望的観測が過ぎる）ように見えるバンクスの姿は、どれほど合理性を洗練させようとも未来や過去の混沌という盲点からは逃れられないことを我々に示している。バンクスは自分が見て考えることを叙述するのだが、読者は彼が「実際には何を見ているのか」をつかめなくなってしまう。つまり（イシグロ自身も説明するように）バンクスの語りの外部で「本当は何が起こっているのか」、読者にとって分からなくなっている。『孤児』のこうした構造は、インタビューでのイシグロ自身の説明の言葉を借りてまとめるなら、「バンクスのロジックにしたがって世界の方がゆがんでゆく」(Interview by Ron Hogan 157) というものである。

伝統的な信頼できない語りでは、語り手のゆがみとその外部にある適切な世界を測ることが可能です。この技法はそのように機能するのです。読者はこの距離(distance)を適切に知らなくてはなりません。彼[クリストファー・バンクス]は、おそらくそのような伝統的な語り手ではありません。彼の語りの外部で本当は何が起こっているのかがはっきりしないという意味です。彼の語りは、彼のゆがんだ論理に合わせてイメージを描きだそうとする試みなのです。

(Interview by Linda Richards)

いかにも正気でノーマルな世界で一人の狂人を生きさせるのではなく、いっそ作品世界全体を、その男の奇妙な論理にしたがって歪ませ、その論理にしたがって動かしてみたらどうだろう、と思ったんです。つまり、彼のまわりの人間みんなが、彼の狂った世界観を受け入れる。そして物理的次元でも、世界が彼の恐れや望みに合わせて動き出し、変わり出す。[……]作品世界を、一人の男の頭のなかに存在する世界にしてしまおうと思ったんです。正常な世界のなかを

(2) こうした作品の性質について、イシグロはサッカー(フットボール)の比喩で「試合中にゴールポストが動かされる」ようなものと形容している(柴田元幸編訳『ナイン・インタビューズ――柴田元幸と9人の作家たち』アルク、二〇〇四年、二一三頁)。

異常な人物が動く代わりにね。

（柴田、二一五）

そして「人の頭の中で何が起こっているかに興味がある」（Interview by Richards）というイシグロは、このように「人の頭の中に入りこんで」、「語り手の論理によって世界がゆがめられた本」（Interview by Richards）を書けることこそが、映画など「ビジュアル・メディアが発達する中での小説の役割」（Interview by Nermeen Shaikh）だとも考えていて、その可能性を作品内で追求し続けている。[3]

また、このような論理で動く世界の人物たちは、その行動原理においては「個人的な責任と公的なそれとを混同しているようにも映る」（Interview by Shaffer 164）。すなわち、「両親を見つけることが世界を救うことに直結するというゆがんだ論理」（Interview by Hogan 157）にとらわれた（イシグロ版の「セカイ系」とも言えそうな）バンクスは「子供の頃の視野に閉じ込められたまま」（Interview by Hogan 158）なのだが、それはイシグロ自身が説明するように、「演奏会を成功させることが町を救う」だけでなく、自分の個人的な問題も解決してくれると信じていた『充たされざる者』のライダー（およびその他の人物たち）ともパラレルな関係になっている（Interview by Shaffer 164）。

ノスタルジアによりよき名前を与える

だが、イシグロの小説が常にそうであるように、一見奇矯なバンクスの言動は我々の姿の一端を反映するものでもある。子供の頃の視点を維持したまま大人になり、故郷《ホーム》の上海に戻ってきたバンクスは、イシグロがインタビューで繰り返す「保護泡」に包まれたままである。「両親は上海のどこかにとらわれたままになっている」という幼い頃からの確信にもとづくバンクスの見方（perspective）を、イシグロはネガティブなものとしてだけでなく、幼い子供たちを守る「保護泡」（a protective childhood bubble）（Interview by Cynthia Wong 183）の象徴としても用いている。そしてタイトルにもなっている「孤児」（orphan）とは、子供時代の保護された世界から出て行った人のたとえ（Interview by Wong 184; Interview by Shaffer 168）でもあると説明する。すなわち、我々の多くが（幸運にも）そうであるように、保護泡によって厳しい世界から守られていた（sheltered）幼少期から、成長するにつれてそこを出て、過酷な現実世界へと向き合うようになる。ただバンクスの場合は、両親の失踪によってその泡から急遽無理矢理に引っ張り出されてしまった結果、その内面においてはかえって幼少期の思考に閉じこもったままになっているのである。

バンクスのこのような特異な状況は、我々がこの保護泡から出た後もしばしばそこを懐かしく切望する一般的な心情とも重なっている。すなわち、より純粋だった子供時代に対する個人的なノスタルジアである。イシグロはそれを、世界が「よりよき場所だと思っていたころ」、あるいは「エデンのような記憶」（Interview by Shaffer 166）と表現する。彼はこのような感情がしばしば後ろ向きで

（3）　様々な視覚的イメージがあふれていることは小説にとって有益な面もあるとイシグロはとらえている。ステレオタイプ的イメージを使って、「上海についてのイメージ」による「想像的風景」（imaginary landscape）（Interview by Frumkes 191）を以前よりも簡単に読者に思い浮かべさせられるようになり、その結果「人々の頭の中を描写する」（Interview by Shaikh）ことに集中できるとも考えている。

現実逃避的になりがちで、一般的にはよく思われないのを認めながらも、そのポジティブな可能性も強調する。彼はノスタルジアを「理想主義に対する感情面での等価物」(emotional equivalent to idealism)と呼ぶだけでなく、「ノスタルジアによりよい名前を与えたいと思っている」(Interview by Shaffer 166)とさえ述べる。それは、ともすればナイーブで現実逃避的な願望ともとらえられがちだが、後述するように、幼くして孤児となってしまったバンクスが、困難にくじけることなく何度も周囲の世界を立て直そうとする強さ《レジリエンス》の基盤にもなっている。

突然に奪われた幼少期を取り戻そうとするバンクスの試みが認識の奇妙な歪曲を含んだ叙述を通じて語られることが、前作『充たされざる者』でのチャレンジと関連するものであることは、本書で述べてきたイシグロの叙述技法の変遷からも明らかだろう。そして上海の交戦地で出会った日本兵アキラ[Ⅱ③(ディス)コミュニケーション]が諫めるように、何十年も前に誘拐された両親が今でも上海のどこかに幽閉されていると信じて疑わないバンクスは本当に名探偵なのか、という疑問も頭をよぎる(それは、『浮世の画家』の小野が自分で思っているほどの影響力を持っていたのかという問いにも通じるだろう)。

このようなバンクスの言動は、彼が幼少期から繰り返してきた探偵ごっこの延長線上にあることも見て取れる。それは父親の失踪後にアキラから「探偵ごっこをしよう」("we play detective")(107―八二)と提案されて始めた、幽閉されている父親を救出するという筋立ての遊びであった。二人は子供らしい情熱でもって幾多のバリエーションを作って演じ続けたが、そのシナリオは彼らの希望や期待を色濃く反映したもので、父親のとらわれている部屋が快適だったり、彼の好物が提供されたりするなど犯人に丁重に扱われているだけでなく、最後は必ず犯人との攻防の末に父親を見事に助け出すことになっていた。バンクスはイギリスの伯母の家に引き取られた後もこのようなシナリオを独りで演じ続けただけでなく、大人になってからも、あたかもその枠組《フレーム》にとらわれているかのように両親の行方に関する捜査を続け、上海に来てからも両親が監禁されているであろう場所を知る人物たちの情報を求め続ける。

壊れた世界を元に戻す探偵たち――「拡大鏡」の限界

そうした「壊れた世界を元通りにしたい」というバンクスの信念は子供じみた（あるいは無垢な）ものであるが、それは『わたしたちが孤児だったころ』が下敷きとする探偵小説ジャンルの大前提の一つでもある。イシグロは探偵小説という形式《フォーマット》に関心を持った要因として、探偵たちが「調和した世界」を取り戻す存在として機能していることを挙げる。アガサ・クリスティやドロシー・セイヤーズといった伝統的なミステリー作家の名を挙げながら彼は、探偵たちが活躍するのは基本的には「理想的な調和したコミュニティ」（an idealized harmonious community）の中であり、事件が起こってその調和はいったん破れるのだが、探偵たちによって解決されれば、作品世界には再び平穏が訪れる構造であることに興味を引かれたのだと述べる（Interview by Hogan 159）。それと同時にイシグロは、そのような「世界を悪くしてしまった「悪」を取り除けば世界は元通りになるだろう」という、魅力的ではあるが単純《シンプル》な期待にもとづく叙述構造が、第一次世界大戦後に設定されることが多いのに興味を持った（Interview by Hogan 159）とも述べ、それまでに類を見なかった破滅的な争いの中で、「世界を元通りにしたい」という欲求が高まっていたのではないかと興味深い推論を行っている。そして本作において、そのような「ナイーブ」な視野《パースペクティブ》を象徴するのが「拡大鏡」なのだとイシグロは説明する(4)(Interview by Wong 187)。そしてこの作品は、世界を混沌に陥《おとし》れている悪(evil)を見つけ出せば世界を元通りにできると信じているキャラクターを二〇世紀の混乱の中に放り込んでみる、という一種の「ブラック・コメディ」(Interview by Wong 187)なのだとも述べる[II⑬悪]。

その一方で、間違った推論を導き出したり、失敗したりしてしまう危険性はありながらも、理想を真摯に追い求める「ノスタルジア」の可能性は我々が持ち続けるべきものとして示されている。『わたしたちが孤児だったころ』でバンクスが幼少期の理想を抱き続けたことは、両親失踪の真相を彼に語る人物が述べるように「奇跡」(四九八)なのだが、それは同時に悲劇的でもある。しかしバンクスは諦めることなく、「また一から出直して、今度はきっと母を捜しだします」(五〇二)と捜査を続ける決意を新たにする。このように、何度でも挑み続けるバンクスの強さ《レジリエンス》は、幼い頃に世界が取り戻しようもないほどに粉々に壊れてしまったことと背中合わせでもあり、そのかけらを集めるように周囲の世界や自分の過去を一心に取り戻そうとするバンクスの姿は我々の胸を打つ。そこで以下では、「拡大鏡」に象徴される探偵と並んで本作の主題の一つである、世界の断片化とそこからの再生というモチーフについて見てゆこう。

断片からの再生──ジェニファーのトランク

『わたしたちが孤児だったころ』はバンクスの探偵としての言動の合間に、幼少期など過去の回想が差し挟まれる構造である。その叙述《ナラティブ》は時間順ではないだけでなく、空隙を多く含み、それらが過去のかけらたちによる再構築であることを強く意識させる。それはすでに述べたように、残された事件の断片をつなぎ合わせて事件の全体像を推理する探偵という主題とも関連している。そのような視点は、断片をつなぎ合わせる行為として作品中でも反復されており、そこに必然的に存在する空隙を想像力によって埋め合わせていることが強調される。

そのようなイメージを表すものの一つが、バンクスの養女であるジェニファーのトランクをめぐるエピソードだ。彼女がカナダからバンクスのもとにやって来たのは一〇歳の時で、実の両親が船の事故で亡くなってしまい、孤児になった境遇を聞いたバンクスが自分のもとに引き取ることを決心したのだった。そして彼女がイギリスへやって来る際に、荷物を入れたトランクが紛失するという事件が起こる。その後トランクは発見されるのだが、中に入っていたものはほとんど失われていた。わずかに戻ってきたブレスレットや銀のベルをたしかめながら「ご親切にありがとう、クリス

（4）　出版当時に amazon.uk のウェブサイト上に掲載されていたインタビューでは、ビリー・ワイルダーの映画『シャーロック・ホームズの冒険』でホームズがネス湖での捜査に集中するあまりネッシーの出現に気づかない場面に言及しながら、ユーモアを交えて語っていた。

トファーおじさま。とてもお忙しいのに」(二五二)と気丈に礼を言うジェニファーにバンクスは慰めの言葉をかける。

「時にはとても辛いこともある。わたしにはわかっているよ。まるで、全世界が自分の周りで崩れてしまったような気になるんだ。だけど、〔……〕きみは壊れたかけらをもう一度つなぎ合わせるというすばらしい努力をしている。ほんとうにそうだよ。決して前と同じにはならないことはわかっている。でも、きみが自分の中で今それをがんばってやっていて、自分のために幸せな未来を築こうとしているってことがわたしにはわかっている。〔……〕」(二五二—二五三)

ここで述べられる「壊れたかけらをもう一度つなぎ合わせる」(putting the pieces together again)(149)というイメージは、この作品の中で何度も繰り返されるもので、事件の手がかりを関連づけてその全体像を推理する探偵の行為につながっているだけでなく、つらい出来事に巻き込まれてしまっても、それに屈して諦めることなく、前を向いて生活を立て直す強さ《レジリエンス》にも関わっている。

そして、バンクスがジェニファーにかけた言葉は、(イシグロ作品でしばしば見られるように)幼いバンクス自身が両親が失踪した時にかけられた言葉を反復したものであった。孤児となってしまったバンクスをイギリスに連れて行く役目を帯びたチェンバレン大佐は「お気の毒な坊ちゃん。まず、お父様。それから今度はお母様までが」となぐさめる。そして大佐は、「全世界が自分の目の前で崩れていくような気持ちでしょうな」、「またすぐに生活を立て直すことができますよ」と声をかけるのだが（四六—四七）、これらの言葉は、原文では“Must feel like the whole world's collapsed around your ears”（耳もとで世界がすべて壊れてしまった）、“You'll soon pick up the pieces again”（すぐにかけらたちを拾いなおしますよ）となっており（25）、後にバンクスがジェニファーにかける言葉との相同性をより明確に示している。

そして、この「かけらを拾いなおす」イメージが、作品内でジェニファーの「コレクション」とも響き合っていることも印象的である。それは彼女が何年もかかって集めている「丹念に選び抜かれた貝殻、木の実、枯葉、小石などの品々」（二一九）で、自室の棚に丁寧に並べられていた。異なる時間と場所から拾われてきたかけら自体もさることながら、ジェニファーの棚に置き直されることで、それらが想像的に（あるいは創造的に）組み合わされて生み出される全体的なイメージが重要だということを示している。(5)

世界を束ねる糸——記憶の再構築性

それと並んで作中で繰り返されるモチーフに、家族や世界を束ねる「撚《よ》り糸」というものがあ

（5）　本作でのノスタルジアは、ロンドンのパートで中心的な「自省的ノスタルジア」から、上海のパートでの「復旧的ノスタルジア」へと推移していると見ることもできる（両者の区別の詳細は［Ⅰ⑥『わたしを離さないで』］を参照）。また家や故郷へのノスタルジアについては［Ⅱ⑤家］も参照。過去への再訪を、実際に上海へ乗り込むという異様な形で再現しようとするバンクスの姿は、『充たされざる者』のライダーとも通底している。

る。これはもともとは上海での幼少期にアキラがバンクスに語ったたとえである。自分の両親が時折話さなくなることがある（ように見える）ことを懸念しているバンクスにアキラは、彼の両親にも同じことがあると告げて、その原因は自分たち子供なのだと述べる。彼によれば、自分たちがうまくやっていないから両親は「がっかりして」、関係が悪くなってしまうのだ。そして彼は部屋の窓にかけてある木製のブラインドを指差して、自分たちは「羽根板を留めつけている撚り糸」(the twine that kept the slats held together)（73 一二七）のようなものだとバンクスに説明する。そして、「家族だけではなく、全世界をしっかりとつなぎとめている」のは子供たちであり、自分たちが「役割をきちんと果たさなかったら、羽根板ははずれて床の上に散らばって」（一二七）しまうのだと続ける。

この比喩は、自分や周囲の世界が容易に解体してしまう危険性を秘めていることへの不安の表れともいえるだろう。そして『わたしたちが孤児だったころ』では、子供じみたものであっても努力を続けなければ世界はちょっとしたきっかけで崩れてしまうという不安は同時に、いったん壊れてバラバラになったものも取り戻すことができるのだという期待と背中合わせになっている点も重要である。

アキラが日本の僧侶から聞いたというこの比喩は、後にバンクス自身によってもくり返される。彼は捜査に協力してくれていた警部に対して、自分たちが「撚り糸のような存在」(the twine that holds together the slats of a wooden blind)（135 二二八）であり、「わたしたちがしっかり束ねるのに失敗したら、すべてがばらばらになってしまう」（二二八）のだと述べる。それはつまり、もともと

「ばらばら」のものをなんとかつなぎ合わせておこうとする努力と言うこともできるだろう。

断片を束ねて、各々の世界像を作りだす撚り糸としての主体がもつはたらきは、ジェニファーの「コレクション」[6]と同様に、事件の手がかりをつなぎ合わせて全体像を推理する探偵のモチーフと作品内で重ねられていることは明らかだが、それはつまり、その過去が「再構築」であることも強調している。一度は失われた（あるいは過ぎ去った）ものを断片から再現できるのだという可能性は、先述したように、この作品では探偵やノスタルジアへと関連づけられているのと同時に、それが誤った推理（全体像）につながる可能性も示唆されている。バンクスの両親の失踪事件の真相をめぐる推理はその典型である。

幼少期からの探偵ごっこで無数の可能性を考案していたにもかかわらず、事実は彼が考えていたのとは似ても似つかないものであった。両親失踪の経緯の詳細を聞かされたバンクスは、皮肉なことに、事実を直視するどころか、その真相の苛烈さに目を背けようとさえしてしまう[7]。思いもよらなかった事実に、彼はいったんは「もうたくさんだ！　どうしてこんなにぼくを苦しめるんです？」（四九七）と耳をふさぐ。だが、それでも彼は再び気力をかき集めて母親の行方を探し続け、

（6）　次章でも触れるスーザン・スチュワート（Susan Stewart）はノスタルジアについて独特の思索を展開しており、『憧憬論』（*On Longing*, Duke UP, 1993）では「小さなもの《ミニチュア》」、「巨大なもの」、「思い出の品（お土産）」と並んで「コレクション」との関わりも取り上げている。
（7）　この点もノーベル文学賞授賞理由にある、世界の「深淵」（abyss）という語を思い起こさせる。

さらに二〇年あまりを経てようやく再会を果たす。

バンクスの姿は、彼同様に我々も記憶のあいまいさに翻弄されながらもそこから逃れられないことを指し示している。それは我々の記憶が不完全であることによって生じる（時には喜劇的にさえ映る）悲哀でもある。バンクスが物語の最後で述べる、「わたしたちのような者にとっては、消えてしまった両親の影を何年も追いかけている孤児のように世界に立ち向かうのが運命なのだ」（五三〇）という言葉は、保護泡から出た者にとって、バラバラに壊れて失われてしまった過去を取り戻すのは不可能だが、それでもかけらを集めて再構築し続けるしかないことを示しているようにも思われる。世界の深淵（abyss）と向き合って足がすくんだ時、その虚空の上に想像力で橋を構築すれば歩き続けることができるという、虚構だからこそ生じる可能性をイシグロは共感的に描き続けている。

⑥

『わたしを離さないで』のカセットテープ

——あなたを決して忘れない

『わたしを離さないで』(*Never Let Me Go*, 2005)のキャシー・Hは、幼少期に頻繁に聞いていたカセットテープを三一歳になった現在も大切に持っている。彼女の語りはそのテープをめぐるいくつかの記憶を含めて、幼い頃に過ごしていた施設ヘールシャムをめぐるエピソードが中心となっており、彼女の語るトーンは、それらの記憶は完全な過去となっているのではなく、現在の彼女にとって依然として生き生きとしたものであることを示している。そして注目すべきは、彼女はもうそのテープを実際にはそれほど聞かないのに手元に置いていること、そしてそのテープは一度失われて、再び戻ってきたもの、すなわち代替物だということである。それは本作における「記憶」と「ノスタルジア」の性質を象徴する小道具ともなっている。

ヘールシャムでの販売会で入手した、ジュディ・ブリッジウォーターという(架空の)歌手のカセットテープにおさめられている「わたしを離さないで」がキャシーのお気に入りで、折に触れてそれを聞いていただけでなく、時にはそれに合わせてヘールシャムの居室で踊っていたことも大切な思い出だった[1]。だがある時（当時一一歳）、そのテープが彼女の宝箱からなくなってしまう。友人に聞いて回るなど必死で捜索しても結局見つけ出すことはできず、落胆している彼女を見てルースは別の歌のテープをせめてもの代わりとして贈りさえする[2]。そして、それが見つけ出されるのは数年後のことである。

キャシーが友人のトミーやルースたちとノーフォークへ車で出かけた際に、トミーの提案でジュディ・ブリッジウォーターのカセットテープが売られていないかと二人で店を回ってゆく。それは思っていた以上にあっさりと見つかってしまうのだが、テープを求めてトミーと二人で過ごした時間が彼女にとって貴重なものとなり（彼女はその捜索の時間がずっと続けばいいとさえ願う）、再会したテープがなくしたものと同一であるかどうかは、彼らにとってあまり重要ではなくなっていた。「いまも、たまにテープを手に取り、じっとながめることがあります。ヘールシャムの記憶がよみがえってきます。それにも増して、あのノーフォークの午後が鮮明に思い出されます」（二六八）というキャシーの言葉が表すように、それは彼女の中に「暖かさと懐かしさ」（二六四）を喚起する様々な記憶たちの結節点となっている。

本章では、二〇〇五年の出版から二〇年近く経った現在においてもイシグロ作品、あるいは二一世紀のイギリス小説の代表作の一つであり続けている本作の構成を、「ノスタルジア」、「人間の価値」、「格差（競争と序列化）」という観点から見てゆこう。

キャシーの語りにおけるノスタルジアの功罪

架空の一九九〇年代末イギリスに設定された本作の登場人物の多くは、臓器移植のために作り出されたクローンであり、ヘールシャムとは彼らを適切に育成するための施設の一つである。クローンたちは適齢期になると臓器を一つずつ摘出(物語中では「提供」(donation)と呼ばれる)される「提供者」(donor)となり、その生を終える(「完了」(completion))まで手術を受け続ける。彼らは「普通の人間」からは隔絶された状態で養育され[3]、与えられる情報や物品も完全に管理されている。

彼(女)たちを取り囲むこうした運命の実情はキャシーの抑制された語りを通じて徐々に明らかになってゆくのだが、その一方で彼女の語りの多くはヘールシャム時代のエピソードを含めた、施設の友人や彼らの教育係である保護官たちとの交流によって占められており、その親密さは読者である我々と何ら変わらないものに見える。ヘールシャム時代だけでなく、コテージと呼ばれる施設

(1) 踊るキャシーを見て泣いていたマダムについては[Ⅱ③(ディス)コミュニケーション」を参照。

(2) そのテープもまたルースが亡くなった現在においては「わたしに残された大切な宝物の一つ」(一二〇)だ。

(3) 作品の構想段階ではクローンたちが「普通の人」と遭遇するエピソードも可能性として検討されていたようである。そうした模索の過程を克明に記す草稿への調査を紹介する、三村尚央「イシグロはどのように書いているか——イシグロのアーカイブ調査から分かること」(田尻芳樹・三村尚央編『カズオ・イシグロ『わたしを離さないで』を読む——ケアからホロコーストまで』水声社、二〇一八年、二八九—二九五頁)も参照。

に移ってからも、彼らは年齢相応の友情関係や互いへの対抗意識、あるいは嫉妬、そして気づかい（ケア）などの心情を示す。それらを丁寧に描きだすイシグロの叙述は我々読者の共感をかき立てて、彼らが「人間的」な存在であると受け入れさせるに十分なものである。

それと同時にイシグロはこうした人間的な存在が「普通の人々」の生命を延長するために作り出された「コピー」であることを時折喚起する。そして彼らにはその運命に抵抗する術《すべ》はなく、我々読者も彼らが運命の轍《わだち》の上を進んでゆくのを見守るしかないことを冷徹に突きつける。一見平凡で何気ない過去へのノスタルジックな回想に少しずつ差し挟まれる、彼らの運命についての記述が引き起こす奇妙な違和感によって、その日常性をとりまく尋常ではない異様さが浮かびあがってくる。そしてその異様さが作中ではほとんど疑問視されることもなく（例外的な存在は、劣等生のレッテルを貼られていたトミーである）、生徒たちに受け入れられて当然視されている点もその不気味さを倍増させている。(4)

オリジナルとコピー

本章ではカセットテープに着目することで浮上してくるいくつかのテーマに焦点を絞って論を進めてゆこう。それ以外の読解の可能性についても本章の末節や第Ⅱ部で触れているのでご参照いただきたい。

まずは彼らがクローン、すなわちコピーであることについて。キャシーたちは外見上は「普通の人々」とほぼ同一でありながら、その間には厳然とした分断線が引かれている。その一方で、作品の終盤でも明かされるように、マダムやエミリ先生ら養育者たちはクローンがより「人間的」な存在であることを望み、美術制作などを通じた感受性教育も行っていた。その結果として彼らは普通の人々とほとんど変わらない存在となるが、だからこそ彼らの運命にもとづく格差は我々読者の心をかき乱し、「人間の価値」や「人間らしさ」とはいったい何なのかという問いを呼び起こす。

荘中孝之は、慣れ親しんだものがいったん抑圧されて回帰してくることで「不気味なもの」になるというフロイトのモデルを参照して、コピーとして作られながらも普通の人々とほとんど変わるところのないクローンは「人間」と「そうでないもの」との「意味の分割線を攪乱する、「ふつう」ではない異端分子」(荘中、一六二)であると論じる。そして、ヘールシャムという名称に「偽物」(sham)を「歓迎する」(hail)という意味を読み込み、マダムや保護官がキャシーたちの育成に心を砕きながらも、心の奥底では彼らへの不安を抱えて「自分たちとは違う」「完全な人間ではない」存在として区別しようとする心情へと関連づけている。

またキャシーが所有するカセットそれ自体が、本章の始めのエピソードで示したような「代替物」であることも本作のテーマと大きく関わっている。[5] このカセットが、それにまつわる彼女の記

(4) 「提供」や「完了」などの婉曲的な用語法も含めた、ロバート・イーグルストンの「公共の秘密」("The Public Secret")(『カズオ・イシグロ『わたしを離さないで』を読む』、一一六—一四四頁)の議論は、本作品の読解の可能性を広げる興味深いものである。この論考も取り上げている[Ⅱ⑬悪]も参照。

(5) レベッカ・ウォルコウィッツは、カセットテープがコピーされて流通していることをイシグロ作品自体が日

憶を喚起する「思い出の品」となるだけでなく、何の変哲もない（「国中に同じテープが何千と転がっている」（二六六））大量生産品の一つがかけがえのない「特別なもの」となる経緯《プロセス》も本作では丁寧に描出されている。つまり、重要なのはカセットそのものだけでなく、それを取り巻く叙述《ナラティブ》の力である。語り手であるキャシーは様々な事物をきっかけ《トリガー》にして自身の過去を想起するが、それをノスタルジックな「黄金の光」に彩《いろど》られたものとして再構築することで、現状の過酷さを生き延びる術としている。本作における様々な「過去の想起」とそれらをめぐる「叙述の再構築」についてもう少し検証してみよう。

ヘールシャムへのノスタルジア――生き抜くために振り返る

物語の後半では臓器摘出の運命に直面したクローンたちが、わずかながらもそれに抗《あらが》おうとする言動も見られるのだが、それも失敗に終わり（正確にはそのような可能性は元から存在しなかったことが明らかになり）、定められたルートへと戻ってゆくキャシーの姿で幕を閉じる。そして、『わたしを離さないで』の語りで強調しておかなくてはならないのは、自身の過去と運命についてのキャシーの語りは、それまでのイシグロ作品の特徴でもあった「自己欺瞞」の「信頼できない語り」とは一線を画している点である。

『遠い山なみの光』の悦子や『浮世の画家』の小野、『日の名残り』のスティーブンスにとって、過去は忘れたり直接に向き合ったりすることが困難なほどにつらいものであり、それを伝えるために比喩や間接的な暗示を通じた語りの技法を用いていたことはこれまでにも確認してきた通りである。

それに対して、『わたしを離さないで』でキャシーの語りの中心となる、ヘールシャムでトミーやルースら友人たちと過ごした記憶は、彼女にとってトラウマ的であるどころか、むしろ何度も思いだしたいとさえ望むノスタルジックなものであり、彼女はそれらの記憶の手触り（texture）を懐かしがっている。[6] イシグロ自身も「キャシーの記憶はより穏やかで優しいものです。そうした記憶は彼女にとって基本的には安らぎの源泉なのです。彼女の時間が残り少なくなり、大切なものを一つずつ消し去ってゆく時、彼女がしがみつくのはそれらの記憶なのです」（*Book Browse. com*）と解説する。

ノーフォークでのカセットテープとの「再会」のエピソードが彼女の中で占める位置にも表れているように、つらい記憶たちも、その後に感じた幸福感によって塗り直されてゆく。そしてドゥロンクらも的確にまとめているように、彼女は心の中のヘールシャムが帯びる「黄金の光」によって冷酷な現在を彩ろうとさえしている。その根本にあるのはヘールシャムでの幸福な年月であり、彼女はその印象を「全体として黄金色の時が流れた」（一二一）と語る。それ以後（一三歳以降）はヘールシャムにおいても暗さが増し、成長するにつれて自分たちの向き合う運命が現実味を帯びてきたことが彼女の語りからうかがえるが、それでもキャシーたちは黄金時代へのノスタルジアを種火

本語を含む多数の言語に翻訳されていることになぞらえて「世界文学」や「翻訳可能性」を考察しており、『生まれつき翻訳——世界文学時代の現代小説』（原題 *Born Translated*）でも論じている。詳細は［Ⅱ⑨人間の価値］も参照。

（6）『わたしたちが孤児だったころ』のバンクスが抱いていた幼少期へのノスタルジアとも関連している。

にして、大きく変えることは叶わない冷酷な現実さえもその光で照らそうとしている。それはかつてのイシグロの語り手たちによる「自己欺瞞」にも通じる記憶の操作と言えるかもしれないが、少なくとも彼女たちにとっては、臓器提供用クローンとしての限られた生を充実して全《まっと》うするための切実な生存戦略でもある。

ノスタルジアの理論

現在の過酷な運命に対して彼女が立ち向かう姿勢の核には、カセットテープに象徴されるヘールシャムでの記憶があり、それはやはり悦子や小野やスティーブンスとは違って、何度でも思いだしたいものであることは再び強調しておいてよいだろう。キャシーは物語の結びでもその点に目を向け、ルースやトミーを失った後でも「二人の記憶を失うことは絶対にありません」（四三六）と言うだけでなく、「静かな生活が始まったら、どこのセンターに送られるにせよ、わたしはヘールシャムもそこに運んでいきましょう。ヘールシャムはわたしの頭の中に安全にとどまり、誰にも奪われることはありません」（四三八）と、自分の人生の最後までヘールシャムの記憶を持ち続けるよう決心する。

このような「思い出の品物」のはたらきは、我々の誰しもが日常で経験することだが、これを「今、ここ」とは別のものを想起する想像力を生み出す、人間の存在の根幹《アイデンティティ》の一つとして考察の対象とする思索家もいる。スーザン・スチュワートは『憧憬論』でこうした思い出の品のはたらきを本来の「実用的機能」とは別の、「象徴的機能」として区別する。両者の機能は（キャシーのカセットテープが「再生」するのが歌ではなくヘールシャムでの個人的な思い出であるように）関連し合うことはないが、スチュワートは、まさにその隔たりからノスタルジアが生じるのだという興味深い議論を展開して、それを「親密な隔たり」(an intimate distance)(Stewart 139)と呼んでいる。文化批評家リンダ・ハッチオンもノスタルジアが現在と過去との隔たりから生じるだけでなく、現在から見た期待の投影や理想化によって過去のイメージが補正されることを指して「ノスタルジックな隔たり」(nostalgic distance)と呼んでいる。

また、ロシアの文化批評家スヴェトラーナ・ボイムは『ノスタルジアの未来』(Svetlana Boym, *The Future of Nostalgia*)で、「復旧的ノスタルジア」(restorative nostalgia)と「自省的ノスタルジア」(reflective nostalgia)という興味深い分類も行っており、「復旧的ノスタルジアが想起される過去の時間を再構築しようとするのに対して、自省的ノスタルジアは廃墟あるいは過ぎ去った時間と歴史を刻んだ表層にとどまり続けて、今ここではない別の場所と時間の夢を見ること」(41-42)と説明している。そしてこの分類については、記憶の文化的表象を研究する批評家の田中純も『過去に触れる』でそれぞれのスタイルについて、自省的ノスタルジア(書中では「反省的ノスタルジア」と訳出)を「過去と現在のあいだの距離を自覚して、そのまま維持する、この隔たりそのものの経験」、復旧的ノスタルジアを「過去と現在の隔たりを無効にして、過去そのものに直接回帰しようとする」ことだとまとめている[7]。

(7) ノスタルジアのこれらの分類を別のイギリス文学作品へ応用した例としては、秦邦生「サルマン・ルシュノスタルジアが持つこのような「隔たり」を含む二重化のはたらきを『わたしを離さないで』の分析に適用してドゥロンクは、たとえば後述するキャシーとトミーによる「提供の猶予」の希求を復旧的ノスタルジアの事例として位置づけている[8](二六六)。キャシーたちはかつて自分たちが過ごしたヘールシャムが閉鎖されたという噂を聞き、「最も親密で大切な関係を再建、つまり復旧」(ドゥロンク、二七〇)しようとして、かつての友人たちを探し出したり、彼らの介護人となったりするのである(それが不可能な試みであることも彼女はうすうす気づいている)。そして、これらのノスタルジアについて念頭に置いておくべきは、そうした記憶が本質的に再構築である可能性である[9]。この点についてスチュワートは「幼年期の記憶は再構築だ」と明快に定義する。

> そのような幼年期は生きられていた通りの幼年期ではない。それは意図的に回想された記憶であり、当時から生き残った素材を利用して作り出された子供時代なのである。つまりそれは過去の再現というよりも、現在によって出来上がっている寄せ集め《コラージュ》なのである。(Stewart 145)

記憶の再構築性と可塑性は、『わたしを離さないで』の冒頭でも、すでに興味深い形で提示されている。その一つが、キャシーからヘールシャムの話を聞きたがるクローンのエピソードだ。介護人となったキャシーが世話をしている提供者は、自分の話をするよりも、クローンたちにとって特別な場所であるヘールシャムでの生活がどのようなものだったかを羨望を込めて聞きたがっており、キャシーはそれを、「ヘールシャムのことをただ聞くだけでは満足できず、自分のこととして——

自分の子供時代のこととして――「思い出したかった」のだと思います」と解釈する。そして彼女が考える、「わたしの記憶と自分の記憶の境がぼやけ、一つに交じり合うかもしれないではありませんか」（二三）という記憶の可塑性と再構築性の可能性は、ヘールシャムへのノスタルジアに彩られた『わたしを離さないで』の語り全体を貫いている。

このエピソードに続けるように、キャシーは自分が今でもヘールシャムを探してしまう心情を持っていることを語る。体育館などの建物や並木など、「ヘールシャムを思い起こさせるもの」を目にすると彼女は、「そんなとき、「あっ、ここだ」と思います。「見つけた。ここがヘールシャムだ」と」（二三）我知らず注目してしまう。そんなことは「ありえない」と分かっていながらも求め

ディ『真夜中の子供たち』（一九八一）――ポストモダン／ポストコロニアルの異国性とノスタルジア」（高橋和久・丹治愛編『二〇世紀「英国」小説の展開』松柏社、二〇二〇年、三四四―三六六頁）がある。なお本書中での“reflective nostalgia”に対する「自省的ノスタルジア」という訳語はこの論考中のものを参照した（あるいは「回顧的」とすることも可能に思われる）。

（8）　ハッチオンへの言及も含めたヘールシャムに対するノスタルジアについてはドゥロンク第六章（特に二六五―二八一頁）を参照。

（9）　拙著『記憶と人文学――忘却から身体・場所・もの語り、そして再構築へ』（小鳥遊書房、二〇二一年）では、『わたしを離さないで』の事例も含めた記念の品（souvenir）が喚起する記憶について、スチュワートにも触れながら考察している。

てしまうほどに、ヘールシャムでの幸福な記憶は彼女の存在《アイデンティティ》を支える根幹となっている。それは、すべての可能性が失われたことが明らかになる物語の終盤でも保持されている。ヘールシャムの現状を見たいとは思わないと言いながらも、ふとしたきっかけで思いだしてしまうことに触れて、「意識のどこかのレベルでは、わたしもヘールシャムを探しているのかもしれません」（四三七、原著に従い強調）と述べている。(10)

夢の未来

このような、再構築性や可塑性を含んだ記憶の可能性は、イシグロが『わたしたちが孤児だったころ』についてのインタビューでも語っていた「ノスタルジアのよりよい名前」にも関わっている。だが、本作では一ひねり加えた悲痛なものとして提示されている。たとえ実現する可能性はほとんどありえなくとも、それらはクローンたちがわずかでも生き続けるための「将来の夢」（dream future）という希望にもつながっているのだ。彼らが一五歳の時、自分が未来ではどのような生活を送っているかを「映画俳優」などの空想を交えながら気軽に話し合っていた時、ヘールシャムの保護官の一人ルーシー先生がそれをやめさせようとする。彼女は「あなた方は誰もアメリカには行きません。映画スターにもなりません。先日、誰かがスーパーで働きたいと言っていましたが、スーパーで働くこともありません。あなた方の人生はもう決まっています」と生徒たちに告げ、「いずれ臓器提供が始まります。あなた方はそのために作られた存在で、提供が使命です」と、キャシーたちが直面する逃れられない運命を明示して、「無益な空想はもうやめなければなりません」と伝える（一二七）。

だが、「教わっているようで、実は教わっていません」(told and not told)（79 一二七）という生徒たちに対するルーシー先生の発言の後の生徒たちの反応が「そんなこと、とっくに知ってたじゃん」（一二八）というものであることが示すように、彼らは自分たちの逃れられない運命をうっすらとではあっても認識した上で、このような「将来の夢」に興じていた。そして、この冷酷な事実の暴露の後でも彼らは、「夢の未来」について想像することをやめなかったし、ヘールシャムを出た後に「コテージ」に移ってからも「将来の夢」（二一九）を語り続ける。その想像は、真剣に目指されたというわけではなく、（彼女たちにも直観的に認識されていたように）むしろ直面する現実を束の間「忘れる」ためのものとして機能していた。

そして彼らのこうした性向は、ルースの「将来の夢」とそれを反映するかのような彼女の「ポシブル」の可能性にもつながってゆく。ある時コテージの年長者たちが、ノーフォークの海沿いの町でルースのコピー元である「ポシブル」を見かけたという噂を聞きつける。噂によればそれは「広々としたオフィスで働いている」（二一三）人物で、それはルースが以前に語っていた「将来の夢」とうり二つでキャシーたちは一抹の疑いを抱いていたが、結局それを確かめるために車で出かけてゆく。最終的にはやはり人違いだったことが明らかになるのだが、たとえ幻想であったとして

(10)　この後での「自分から探しにいこうとは思いません」（四三七）というキャシーの言葉にも表れるように、ヘールシャムへのノスタルジアは彼女にとって懐かしく思い起こすだけの「自省的ノスタルジア」だとも言える。

もわずかな可能性にかけようとする彼らの心情がよく表れたエピソードである。

それは提供の「猶予」(deferral)の可能性をめぐるキャシーたちの行動にもつながっている。クローンたちの間で流れていた噂に、ある特別な条件をクリアすれば、ヘールシャム出身の生徒だけが「三年から四年くらいも提供を猶予してもらえる」(二三五)というものがあり、その条件とは、二人の男女が「心底、愛し合って」(二三六)いて、それを証明することだとされている。そこには実際に「丸々三年間の猶予」を与えられた者がいるという事例まで付け加えられており、それらしい信憑性が備わっている。その噂は後にはヘールシャムが力を入れていた美術制作とも関連づけられ、それらの作品が「作った人の魂を見せる」(二七〇)ものとして、彼らが愛し合っているかを判定するために制作物を収蔵するのだという、トミーによる「マダムの展示館」の理論へと結びつけられてゆく。

「〔……〕マダムの展示館ってどこにあるか知らんけど、生徒の小さい頃からの作品がぎっしり詰まってるんだ。二人の生徒が来て、愛し合ってると言う。マダムはどうする。昔からの作品を引っ張り出して、二人がほんとにやっていけるのか、その相性を見ようとするんじゃないか。なにしろ、作者の魂を映し出すってんだから。なあ、キャス。本物のカップルか、一時ののぼせ上がりか、くらい判断できるだろう」(二七一)

その可能性は大人になった後もキャシーたちをとらえ続け、物語の終盤でキャシーとトミーは「猶予」を申請するため、十数年ぶりにマダムとエミリ先生のもとを訪れる。だが無情にもそこで明かされるのは、その噂は「実体のないお伽噺《とぎばなし》」（三九五）だったという事実であった。

なぜクローンたちはそのような夢を見続けるのか？　この点は芸術も含めた彼らの「人間性」の涵養《かんよう》を目的とするヘールシャムでの人文的教育の意義にもつながっている。たとえ最後には「提供を終えて死ぬだけ」（三九六）と分かっていても、マダムやエミリたちヘールシャムの保護官はクローンにそうした教育とそこから派生する想像的な可能性を与え続けた。根拠のないでたらめだったとしても、それがあるからこそ、彼らは限られた生に没頭して生き続けられるのだとも言えるだろう。(11)

『わたしを離さないで』を「わたしたちの物語」として読む

『わたしを離さないで』の叙述《ナラティブ》は、キャシーたちの回想や交流を中心に展開してゆく。そして多くの偉大な文学作品がそうであるように、我々の現実とは違う世界ではあってもこの物語は我々自身の状況とも様々な形で響き合う。彼らが何者かの細胞から作られたクローンだという事実は、彼らを臓器移植に利用する目的のもと生み出した、物語の表側にはほとんど出てこない「普通の人々」

(11)　本作における芸術教育を、第二次世界大戦下のナチス・ドイツによって強制収容所内で行われた人文的教育の意義とも関連づけて考察した田尻芳樹の論考「『わたしを離さないで』におけるリベラル・ヒューマニズム批判」（『カズオ・イシグロ『わたしを離さないで』を読む』、二二八―二四〇頁）を参照。

の存在と、彼らとクローンたちとの間の非対称性（格差）を否応なく思い起こさせる。[12] そしてその「格差」はクローンたちの間にさえ――ヘールシャムとそうでないところの出身として――存在している。[13] 作品内に張り巡らされて絶え間ない緊張感を生み出すこうした格差は、読者である我々の実世界における様々なレベルでの格差をも思い起こさせるものである。それゆえに、臓器移植のために作られた存在であるクローンと彼らを利用する「普通の人々」との格差に注目して、我々の現実世界における様々な格差の比喩《メタファー》と解釈する論考も数多い。[14] こうした読解は、都合のよい「道具」として作り出された彼らが、その目的に沿う以上の「価値」や「尊厳」を自分に見いだそうとする試みでもある。[15]

またクローンたちの「内面」が美術制作に表れる精神的な意味での「魂」と肉体的な「臓器」を意味しており、「交換会」での美術作品の交換が、いずれ彼らが参入する「臓器」交換をも示唆するというシャミーム・ブラック（Shameem Black）の論考もある。「人間的」な意味での「内面」を強調する美術制作は、彼らが結局のところは、「臓器の寄せ集め」にすぎないという「実用的価値」を結果的に見えづらくする、現代のグローバリズムや新自由主義の体制における巧妙な搾取の仕組みへと重ね合わせている。

このような仕組みの中では「頑張って成果を出したものが報われる」という苛烈な個人主義[16]と、

（12）　他作品との関連については『クララとお日さま』の章と「Ⅱ⑨人間の価値」も参照。「人間以下」とされる存在が自らの尊厳を求める物語はＳＦの典型でもある。鬼の食料のために育成される子供たちの戦いを描くマンガ

『約束のネバーランド』（白井カイウ原作、出水ぽすか作画、集英社、二〇一六—二〇二〇年）との関連性については戸田慧『英米文学者と読む『約束のネバーランド』』（集英社新書、二〇二〇年）を参照。また本作の設定集である〇《ゼロ》巻（集英社、二〇二〇年）には原作者と担当編集者による『わたしを離さないで』への興味深い言及もある。

（13）　秦邦生「「羨む者たち」の共同体」（『カズオ・イシグロ『わたしを離さないで』を読む』、一九七—二一一頁）は、一見緊密なキャシー、トミー、ルースの関係にもこのような格差が含まれていることに着目し、それにもとづくルースの「嫉妬」や「羨望」という「醜い感情」（Ugly Feelings）における愛憎入り交じる両義性が彼らの交友関係を駆動していることをシアン・ナイ（Sianne Ngai）の理論に依拠しながら詳《つまび》らかにしている。

（14）　詳細は『カズオ・イシグロ『わたしを離さないで』を読む』の文献案内も参照。また、「ノーベル賞以降のイシグロ」（Ishiguro After the Nobel）と題された学術雑誌『モダン・フィクション・スタディーズ』（*Modern Fiction Studies*）のイシグロ特集号（二〇二一年）の序文では、本作を現代的な問題と関連づける読解の意義を深く認めながらも、『わたしを離さないで』を解釈することが一つの「産業」ともなっている状況を指して、「わたしたちは、『わたしを離さないで』を手離さない」（We're never letting go of *Never Let Me Go*）（12）という、やや皮肉をこめた表現も記されている。

（15）　このような読解構造を提供する基本文献の一つであるリアニ・ロクナーの論考（Liani Lochner, "'This is What We're Supposed to be Doing, Isn't It?': Scientific Discourse in Kazuo Ishiguro's *Never Let Me Go*." *Kazuo Ishiguro: New Critical Visions of the Novels*. edited by Sebastian Groes and Barry Lewis, Palgrave, 2011, pp. 225-35）は、臓器を取り出すためのクローンという「人間以下」の存在として生み出されたキャシーたちが、自分の「価値」や「意味」を求める姿を通じて、逆説的に「人間の価値とは何にもとづいているのか」という問いを浮かびあがらせる叙述構造になっていることを指摘する。

（16）　リサ・フルーエ（Lisa Fluet）も論考「非物質的労働——イシグロ、階級、情動」（"Immaterial Labors: Ishiguro, Class, and Affect." *Novel*. vol. 40, no. 3, 2007, pp. 265-88）で、『わたしを離さないで』も含めたイシグロ作品にしばしば見られる自身の価値を高めようとする探究を、現代社会に顕著な「能力主義的序列化」の表れととらえる。彼女そこからこぼれ落ちてしまう者も含めてすべての成員の生活が保障されるべきだとする福祉国家的理念とがしばしば対立させられるが、実際には両者が共犯関係（complicity）にあるという観点からの読解も興味深い[17]。こうした読解は体制内での怒り（anger）の感情の管理にも注目し、トミーやルーシー先生のような人物たちが示す怒りは、時には権力関係を破壊するほどの潜在力を秘めるものとして権威側に警戒されているのだと論じる。その対策として権力側は、ルーシー先生の場合のようにそれを追放したり、トミーの場合のように制御（いわゆるアンガー・マネジメント）しようとするのだと関連づけている。

格差という「奈落」を埋める可能性

他者との格差や断絶を示すと同時に、それらを架橋する可能性もイシグロが提示していることに目を向ける論者もいる。『わたしを離さないで』も含めたイシグロ作品でしばしば語り手が用いる「あなた」（you）という呼びかけもその一つである[18]。このような叙述は、語り手が呼びかける「あなた」とは、語り手と同類の存在でありながらも、両者の間には多少の差異が存在することを含意する一方で、こうした格差を「攪乱」して、価値観の異なる他者への想像力や気づかい《ケア》の可能性も示している。

彼女たちが考えてきたすべての可能性は希望的観測にすぎないことが明らかになったにもかかわらず、物語の最後で提供の運命からは逃れられないことを自覚したキャシーは、ノーフォークに車を走らせて、そこが「子供の頃から失い続けてきたすべてのものの打ち上げられる場所」（四三九）

だと空想し、亡くなったばかりのトミーが地平線の向こうで手を振っているのを想像する。彼女の姿は、我々はどんなに過酷な状況でも想像的（創造的）なヴィジョンを手離すべきではないと伝えているかのようだ。

　だがそれとともに、この小説が差異や格差を越えたところに「協働」や「連帯」が生まれる可能性を提示している（ように読める）ことの功罪にも目を向けなくてはならない。つまりこの『わたしを離さないで』という作品そのものが、我々の直面する現実から目を背けて、束の間忘れさせて

はヘールシャムの美術制作だけでなく、『日の名残り』のスティーブンスの執事としての技術向上も、それらを通じて共同体での自身の地位を高めたいという社会内の上昇志向（upward mobility）を示していると論じる。

(17)　ブルース・ロビンズの「薄情ではいけない――『わたしを離さないで』における凡庸さと身近なもの」（日吉信貴訳、『カズオ・イシグロ『わたしを離さないで』を読む』、一八三―一九六頁）はこうした上昇志向に着目して、ヘールシャムで養育されるクローンたちと彼らの臓器から恩恵を受ける（beneficiary）「普通の人々」という構図を、構成員に対するケアとともに、格差と競争も内包した福祉国家（the welfare state）制度の縮図と見る。また彼は『上昇志向と公益――福祉国家の文学史を目指して』（*Upward Mobility and the Common Good: Toward a Literary History of the Welfare State*, Princeton UP, 2007）でも、この見立てをより広いイギリス文学群へと拡張している。

(18)　詳細な議論は、レベッカ・スーター「「蜘蛛であること」――カズオ・イシグロの二世界文学」（与良美佐子訳、田尻芳樹・秦邦生編『カズオ・イシグロと日本――幽霊から戦争責任まで』水声社、二〇二〇年、二七四―二九六頁）と『二世界文学――カズオ・イシグロの初期小説』（*Two-World Literature: Kazuo Ishiguro's Early Novels*, U of Hawaii P, 2020）、また［Ⅱ⑭ケア］を参照。

くれる、都合のよい「夢の未来」（dream future）となっていないか、という懸念である。キャシーたちの物語はたしかに、自分とは異なる存在について想像力をはたらかす「共感」の重要性を思い起こさせてくれる。しかし、そのような作品と読者との「つながりの幻想」は油断していればすぐに途切れて、その下にある「奈落」（abyss）が顔を出すだろうことは忘れるべきでない。[19]

（19）　アン・ホワイトヘッドの論考「気《ケ》づかい《ア》をもって書く」（『カズオ・イシグロ『わたしを離さないで』を読む』、一六九―一八二頁）はそのような可能性を踏まえ、安易な期待を抱く（示唆する）だけで満足してしまう姿勢への警告を発している［II⑭ケア］。

⑦ 『忘れられた巨人』の塔に埋められた歴史

アーサー王が治めていた時代から間もない頃のブリテン島を舞台とする『忘れられた巨人』（*The Buried Giant*, 2015）で、主人公の老夫婦アクセルとベアトリスは、自分たちのもとを去った息子を探す旅に出る。その道中で立ち寄った廃屋で二人は、人々がいつかは渡ることになる「島」の話を耳にする。船頭が運んでゆく島は特別な場で、人々は基本的には一人で暮らしてゆくが、まれに夫婦あるいは未婚の男女が一緒に渡ってそこで暮らせることがあり、その条件は二人が強い愛情で結ばれていることなのだという。(1) それを証明するには、各自が自分にとって最も大事な記憶を挙げて、

(1)　『わたしを離さないで』の「提供の猶予」の条件とその帰結を否応なく思い起こさせる、近年のイシグロ作品で反復されているこのような「愛」の条件について長柄裕美は「「愛は死を相殺することができる」のか――『忘

それが一致すればよいというのだが、それを聞いて妻のベアトリスは不安を感じる。というのも、この国は「健忘の霧」（七三）に覆われているからである。大事な記憶が思いだせなくなっているなら、夫婦の愛をどう証明したらよいのだろうか。息子の顔さえも思いだせなくなっているアクセルとベアトリスだけでなく、この世界の人々は多くのことを忘れやすくなっているというのに。(2)「記憶がなくなったら、わたしたちの愛も干上がって消えて」しまうのではないだろうかと不安を感じるベアトリスに対して、夫のアクセルは「また見つけるさ、全部一遍にが無理なら、一つ一つ」（七四）と若干楽観的な期待を抱く。たしかに彼らは大事なことを忘れているのだが、それらは完全に失われてしまったわけでもない。本作で焦点を当てられるのは、この忘却の霧の向こうから戻ってくる記憶のあり様である。忘れられてしまった記憶は些末なものであるどころか、重大なものであることも多く、しばしば思わぬ時に戻ってくる。忘却の淵《ふち》から不意に記憶が浮かびあがってくるこうした様子をこの小説は丁寧にすくい取って描写する。

船頭の話を聞いている間、話題が「戦争や燃え落ちた家」になった時、アクセルはベアトリスと知り合う以前の「何かがよみがえってくる」（六九）ような感覚を抱く。だがその記憶の断片はすぐに消え去ってしまう。記憶には自分の意志で思いだすことができるものと、自力で思いだそうとしても浮かんでこないのに、ふとしたきっかけで湧き上がるように再来してくるものとがある。かつてマルセル・プルーストは前者を「意志的記憶」、後者を「無意志的記憶」として区別したことが知られており、我々が「マドレーヌの記憶」としてよく言及するのが後者にあたる。(3)

両者を織り交ぜるプルーストの語りは、必然的に時系列が断片的になるだけでなく、語り手の内的連想にもとづいて出来事や事物が取り上げられるものとなる。このような叙述技法は彼以後の作家たちにも広く影響を与えており、イシグロもその一人であることは、彼が『失われた時を求めて』からインスピレーションを受けて『浮世の画家』の語りの技法を構築したというノーベル文学賞受賞スピーチでの発言からもうかがえる〔I②『画家』〕。そして『忘れられた巨人』では、こうしたプルースト的な「無意志的記憶」がより広範に展開されていると言える。

『忘れられた巨人』では、ふいに記憶が戻ってくる経験が何度も繰り返され、実はアクセルはかつてアーサー王に仕えていたことが次第に明らかになってゆく。また、アクセルとベアトリスの過去および息子についての記憶も物語が進むにつれて戻ってくるが、彼らが期待していたような穏やかなものばかりでは決してない。そして、それらの記憶は、思い通りにならないからこそ「貴重な」「宝物」であることも示されている。

アクセルとベアトリスは旅の途中、この忘却の霧が自然なものではなく雌竜クエリグによるも

れられた巨人』から『わたしを離さないで』を振り返る」(荘中孝之・三村尚央・森川慎也編『カズオ・イシグロの視線——記憶・想像・郷愁』作品社、二〇一八年、一三五—一五六頁)で両作品を比較しながら検証している。

(2) 中世イングランドを舞台とした本作で忘却が進行している状況は、記録メディアの爆発的な進歩ゆえにかえって忘却の不安にさいなまれる、現代の我々の状況をも喚起する。

(3) アン・ホワイトヘッド『記憶をめぐる人文学』(三村尚央訳、彩流社、二〇一七年)第三章での意志的記憶(voluntary memory)と無意志的記憶(involuntary memory)の議論も参照。

のだと修道院の神父から知らされる。そして、この竜が退治されれば人々の記憶も戻ってくるだろうと期待する二人に、神父は「隠されたままでいてほしいと思うこともあるのではありませんか」（二四〇）と懸念を示す。ベアトリスはそれに対して「悪い記憶も取り戻します。仮に、それで泣いたり、怒りで身が震えたりしてもです。人生を分かち合うとはそういうことではないでしょうか」と力強く反論する。ベアトリスとアクセルにとっては悪い記憶も、よい記憶と同様に、共有すべき「宝」（二四〇）としてとらえられているのである。

本章では、冒頭で紹介した「島」[4]へと渡るエピソードにも顕著に示される、本作が依って立つ記憶観を概観する。それは記憶と忘却との関わり合いというだけでなく、彼らが取り戻したいと願う記憶にも二つの種類が想定されていることを意味する。こうした検証を通じて、本作で可能性が示される、個人的な想起を越えて記憶が共有され、そして次世代へと継承されてゆくプロセスにも目を向けてゆきたい。

過去にとらわれた人々——旅の仲間たち

『忘れられた巨人』の世界では雌竜クエリグの発する霧のために人々が過去を忘れやすくなっている（それは人為的なものであることもやがて明らかになる）が、その忘却の程度は人物により差がある。アクセルたちに同行する人々の中には、過去とのつながりを比較的強く維持する者もおり、その代表が老騎士ガウェインと若きサクソン人の戦士ウィスタンである。

アクセルたちが旅の途中で出会う老騎士ガウェインは、かつてこの地域を治めていたアーサー王の甥であり、王が亡くなった後も「アーサー王に命じられた任務」（一六一）を果たすため、同じく年老いた軍馬ホレスと旅を続けており、その任務とはクエリグを退治することなのだと述べる（一八五）。だがそれは偽りで、実際にはクエリグを退治しようとする者を排除して、忘却の霧の効果を維持し続けることだと後に明らかになる。つまりガウェインは、アーサー王の死後もその命令を守り続けようとする、過去に縛られた人物として描かれている。そして彼は、亡きアーサー王への誓いだけでなく、王に仕えて戦っていた頃の、自身の凄惨な行為への後悔にも縛られており、そこから先に進むことができなくなっている。そのトラウマ的記憶が回帰してくる様子は「ガウェインの追憶」（Sir Gawain's Reverie）と題された二つの断章で描かれており、それが彼にとって今でも重荷となっていることを示している。

その白昼夢の中でガウェインは黒後家たち（black widows）の姿に付きまとわれている。彼女たちはガウェインがかつてクエリグを退治しそこなったために自分たちの大切な記憶が失われたとして、彼を「臆病者」と責め立てていた。それに続いて彼は過去の行いの是非について心にわだかま

（4）　アーサー王伝説との関連性を論じるものには、伊藤盡「生き埋めにされた伝説——ヒストリーとストーリーの狭間のイングランド黎明奇譚」（『ユリイカ』二〇一七年一二月号（特集：カズオ・イシグロの世界）、二〇三—二一三頁）や、『いかにしてアーサー王は日本で受容されサブカルチャー界に君臨したか——変容する中世騎士道物語』（岡本広毅・小宮真樹子編、みずき書林、二〇一九年）の岡本広毅「カズオ・イシグロのアーサー王物語——ノーベル賞作家はガウェイン推し」などがある。

りを抱えていることを述べる。彼は若い頃に叔父であるアーサー王の命で、しばしば人倫にもとる手段でサクソン人たちの村を殲滅し続けており、当時の彼はそれが平和を維持して「悪の連鎖を終わらせる」手段であると信じていたが、今ではそれは「赤ん坊殺し」(三二一)だったのではないかと懊悩する。その苦悩の片鱗は、第七章で修道院の暗い地下道を通っている時に、足元には子供の骨が転がっているのではないかと推測するベアトリスに「赤子の殺戮とな? 何ということを言う、ご婦人!」(二六四)と取り乱す様子にも表れている。ガウェインの語りは未来への希望というよりも過去のトラウマの再現を中心に展開されており、『遠い山なみの光』の悦子や、『浮世の画家』の小野、そして『日の名残り』のスティーブンスらを論じたドゥロンクの言葉を借りるなら、彼ら同様に、ガウェインの現在は抜け殻のように空しいものとなっているのである。

ウィスタンもまた過去にとらわれた人物として登場するのだが、彼の場合はもう少し事情が複雑である。アクセルとベアトリスは旅の途中で立ち寄ったサクソン人の村で、そこに暮らす一二歳の少年エドウィンが鬼にさらわれたと聞く。そして間もなく戦士ウィスタンが鬼を退治し、少年を救出して戻ってくる。ウィスタンもこの村の人間ではなく、ある使命(クエリグ退治であることが後に明かされる)のために旅を続けており、偶然村を訪れたばかりだった。ウィスタンはサクソン人でありながらブリトン人たちの言葉や作法も身につけているのだが、それには理由があり、彼は幼少期に故郷の村をブリトン人に焼かれて(母親も連れ去られてしまう)、ブリトン人のもとで育てられていた。それゆえ彼は自分を育ててくれたブリトン人への愛着を感じながらも、自分の故郷であるサクソン人のコミュニティを破壊した彼らへの恨みを忘れておらず、その点は忘却の霧の影響を受けにくい（四二五）という彼の特性にも表れている。そのため彼は以前にアクセルを見かけたことをかすかに覚えており、アクセルとベアトリスに出会った時には、何かに「心を奪われたとでもいうように」（一一二）アクセルの顔を見つめるだけでなく、西の国の出身ではないかと尋ねたりもする。つまり彼は、後述するように、自分の民族にとっての負の記憶を維持しており、さらに次の世代であるエドウィンへとつないでゆこうとする。それは必ずしもポジティブな面ばかりとは言えないが、狭義の「記憶」を越えた、社会的なものや歴史的要素も含む、「集合的な記憶の継承」の可能性をも示唆している。

『忘れられた巨人』の霧を払う――文献紹介

ウィスタンやガウェインの言動をより詳しく検証してゆくにあたり、『巨人』で展開される歴史観を二つの観点から分類する議論を参照してみよう。この茫漠とした世界の物語を、これまでのイシグロ作品との関連性から論じるものには、「集合的記憶」と「記憶の継承」に着目するキャサリン・チャールウッド「ナショナル・アイデンティティ、個別的危機――カズオ・イシグロの『忘れられた巨人』における記憶喪失」やアイヴァン・ステイシー「霧の中をのぞき込む――カズオ・イシグロ『忘れられた巨人』における叙述、歴史的責任、そして自由の問題」がある。(5) 記憶と忘却と

（5） Catherine Charlwood, "National Identities, Personal Crises: Amnesia in Kazuo Ishiguro's *The Buried Giant*." *Open Cultural Studies*, vol. 2, 2018, pp. 25-38; Ivan Stacy, "Looking Out into the Fog: Narrative, Historical Responsibility, and the

の狭間にとらわれた人物たちが過去に向き合う姿勢が多様であるだけでなく、彼らが取り戻してゆく「記憶」や「歴史」にもいくつかの種類が見いだせる。それらは「記憶」と「忘却」という単純な対立だけでなく、「個別的記憶」と「集合的記憶」、「意志的記憶」と「無意志的記憶」、あるいは「堅固な記憶」と「流動的な記憶」といった本書の各章でも取り上げてきた要素たちが混ざり合ったものでもある。

チャールウッドは『忘れられた巨人』で示される記憶と忘却の相補性に着目する。彼女は忘却の霧とは単なる記憶の喪失ではなく、記憶の流動性（fluidity）を意味していることを強調して、このモチーフがあいまいな記憶に依って立つ人間のアイデンティティをめぐる興味深い問いを提起していると論を始める（Charlwood 26）。それはイシグロが、我々の記憶が断片化した不完全なものであることを否定的にとらえるのでなく、人間の記憶の特徴として積極的にとらえているかのようでもある。結果的に本作では想起と忘却をめぐる様々な姿勢が描きだされ、それらの間での対立が攪乱されてゆくが、双方を統合する方法は示されないと論じる（Charlwood 37）。それは個々人の間での差異だけでなく個人と国家的な共同体との関係にもおよび、「この国が忘却に憩《いこ》うままにしてほしい」（四三〇）というガウェインの主張に読者は同意できないだろうとする一方で、国という一つの単位にまとまるためにはある種の「忘却」が不可避でもあるというジレンマを提示している（Charlwood 37）。

またステイシーは、この小説で「歴史」が「埋められた巨人」（the giant, once well buried）（324 四四七）と表現されることに着目して、「歴史」が地中に埋められるような実体性を備えたものとみなされていることの表れ（Stacy 13）だと解釈する。彼は二一世紀の小説の傾向として、それまで主流となっていた「叙述としての歴史」（history-as-narrative）という立場からの変化を挙げる。それは必ずしも歴史の「物語」から、実体的な歴史の「真実」への移行を意味するわけではないが、『忘れられた巨人』は歴史が「埋められている」のなら、それは「掘り起こせる」という期待を示すことで、両者の間での相克を描きだしていると言えるだろう。そして、本作中で展開される歴史観を、確固とした事実である「実体としての歴史」（history-as-object）と流動的な「叙述としての歴史」として分類し、それぞれ「埋められた巨人」と、「霧」として表される両者の観点の間での振幅が、本作の（一部の読者には不評の）茫漠としたあいまいさとして表れていると論じる。すなわち、埋められた時の形のまま取り戻せる確固とした過去と、現在の観点から語りなおされて再構築される過去についての叙述である。この分類は、二種類の歴史があるというよりも、過去に対する認識の二つの面を端的に示していると考える方がよいだろう。

Problem of Freedom in Kazuo Ishiguro's *The Buried Giant.*" *Textual Practice*, vol. 35, no. 1, 2021, pp. 109-128. また、ヴォイチェフ・ドゥロンク『カズオ・イシグロ　失われたものへの再訪——記憶・トラウマ・ノスタルジア』(三村尚央訳、水声社、二〇二〇年）の付論「『忘れられた巨人』をめぐって」にも、本作の簡潔にして要を得た批評的読解例と文献がまとめられていて参考になる。

修道院の塔

それを顕著に表すのが、修道院（monastery）の塔を見ながら、そこでかつて行われたであろうブリトン人によるサクソン人たちの殲滅を想像する場面である。ウィスタンはエドウィンに対して、その塔が以前は何のためのものだったのかを考えさせる。

「ここを砦と想像してみよう。何日にもわたる包囲攻撃が終わり、いよいよ敵が攻め込んできた。どの中庭でも、どの壁の上でも、戦闘が起こる。君は思い描けるかな――そこの中央広場にサクソンの同志が二人いて、大勢のブリトン人を食い止めているところを。じつに勇敢な戦いぶりだが、敵はあまりにも大勢で、同志二人は後退せざるをえない。後退して、ここに逃げ込んだとしよう。そう、この塔の中だ。〔……〕」（二九四）

そこで本当に何が起こったのかは「誰にもわからない」（二九七）と留保しながらも、二人は協働して、現在は修道士たちの祈りの場として使われているその塔が、以前はサクソン人とブリトン人との戦いの場であったことを「思い出す」のである。(6)

先述のステイシーは、サクソン人のウィスタンがブリトン人に対して民族的な復讐心を抱いて、それがエドウィンにも継承されると考えることは、彼が歴史や記憶を実体的なもの（the history-as-object）とも見なしているがゆえに可能となるのだと論じる（14）。だがそれは「叙述としての歴史」

の面を排除するものでもなく、両者が関わり合いながら機能していることも確認しておいてよいだろう。ステイシーは、ここでのウィスタンの語りかけが現在形を多用することに着目して、叙述によって再現される歴史イメージが次第に「実体としての歴史」のようなリアリティを増してゆくプロセスを指摘する。ウィスタンは、自分の村を殲滅された経験を核にしてブリトン人全体への怨嗟《えんさ》を醸成する。また同じくサクソン人であるエドウィンにもブリトン人に母親を連れ去られた経験があるため、ウィスタンは自分と同様にエドウィンの個人的な負の感情を種火とし、民族の被虐の歴史についての「埋められていた」記憶を掘り出すことで、彼の中に集合的な民族的復讐心を継承させることができるのではないかと期待する。そしてステイシーが強調するように、こうした感覚はそのような歴史イメージが、想像的な再構築も交えながら形成されたものであることを次第に忘却させてゆくのである。

ウィスタンはガウェインとは違った形で過去にとらわれ続けている。彼が依って立つ、このような個人的記憶と集合的記憶とを縒《よ》り合わせた歴史観は、過去から現在、そして未来へと不可逆的に進んでゆく、いわゆる近代的な歴史観とは異なるもの（あるいは加害者側と被害者側との間での時間の流れ方の違いとも言える）で、それは彼の言動にもしばしば表れている。

アクセルたち一行が修道院にたどり着いた時、ウィスタンはブリトン人とサクソン人が争ってい

（6）　拙著『記憶と人文学——忘却から身体・場所・もの語り、そして再構築へ』（小鳥遊書房、二〇二一年）では、「記憶と場所」の項での集合的記憶（collective memory）の一例としてこの場面も取り上げている。

た頃にはそこが「サクソン人の砦」(二一五)だったはずだと述べ、その中で行われていたことを推測する。敵(ブリトン人)の一群を罠のようにとらえて虐殺する区画も存在しており、その様子を見ながらサクソン人たちは歓喜の声をあげていただろうとも述べる。いくら敵に対してとはいえ、それほど残虐になれるものだろうかと訝《いぶか》るアクセルにウィスタンは、これは「事前の復讐」だという奇妙な言葉遣いで説明する。彼によれば、いずれサクソン人たちはブリトン人に虐殺される側になることが分かっていたのだという。だからこそ、そのような束の間の小さな残虐行為を楽しんでいたのだと説明し、それは「正しい順序では行えない人々による復讐の喜びの先取り」(二一七)なのだと説明する。

ウィスタンの説明は、アクセルには(そして我々読者の多くにも)理解しがたいものに思われるが、互いの依って立つ時間のとらえ方の違いをよく表している。アクセルは(近代化や進歩的な思想の表れでもある)直線的な時間感覚にもとづく、「過去は過去であり、取り戻されることはない」という立場(「いま語り合っているのは、もう永遠に去ったはずの過去の野蛮で、これからどうなるという話ではないでしょう」(二一七)だが、ウィスタンはそのような時間感覚にはとらわれておらず、過去は現在とともに在り、過ぎ去ることはないという立場である。サクソン人たちの被虐の歴史についての集合的記憶は過去に流されてしまうことはなく、現在そして時には未来にも影響を与える。ウィスタンの「年齢はあなたのほうがずっと上です、アクセル殿。ですが、流された血の問題では、わたしこそが年長で、あなたが若者かもしれません」(二一七)という言葉はその立場の違いを端的に表している。そしてその言葉を証明するかのように、ウィスタンは修道院でその後に見舞われる危機を、塔を見ながらエドウィンとともに「掘り出した」記憶にもとづき、いにしえの戦士たちの行動をなぞることによって未来を切り開いてゆく。したがって、邦訳のタイトルが原題どおりの「埋められた巨人」ではなく、『忘れられた巨人』となっているのは、一見飛躍した意訳ながら作品の主題をよく表すものだと言えるだろう。

忘却の霧の向こうから戻ってくる記憶——記憶と忘却の相補的関係

ここまで、『忘れられた巨人』で展開される忘却と記憶との相補的関係を確認してきたが、ブリトン人のアクセルとベアトリスが霧の影響で忘れっぽくなった老人として描かれるのに対して、サクソン人のウィスタンが過去の怨嗟を心中に燃やし続ける人物として造形されているのは、過去を水に流そうとしがちな加害者側と、いつまでも忘れられない被害者側との非対称性を思い起こさせる。それは忘れること(forgetting)と許し(forgiving)との関わりについての議論[7]にも関連しており、しかもその「許し」とはしばしば強い立場にある加害側の論理で都合よく行われがちであることが、『忘れられた巨人』の修道院での「神」をめぐる議論に表れている。

修道院では苦行の一環として、修道僧たちが自分の体を拘束して鳥にその身をついばませることが行われているのだが、サクソン人であるウィスタンはそのような行為は自己満足的なものにすぎ

(7) フランスの哲学者ポール・リクールは『記憶・歴史・忘却』の「忘却」と題された第三部および「困難な赦し」と副題のつけられたエピローグでこの問題を浩瀚に考察している。

ないとする。僧が野鳥に身体を差し出すという「償い」の行為も表面的な見せかけにすぎず、「すべてを赦す」キリスト教の神が簡単に痛みをやわらげてしまうだろうとウィスタンは批判する。[8]つまり、そのような小さな贖罪行為によって、より大きな根本的罪（彼はブリトン人によるサクソン人への暴虐を含意する）が手つかずのままになってしまうという問題である。ウィスタンはそのような手前勝手な理念の外にいる「異教徒」として、「最悪の行為をベールで覆い隠しておいて、どうしてそれを償いなどと呼べるでしょうか。あなた方キリスト教徒の神は、自傷行為や祈りの一言二言で簡単に買収される神なのですか。放置されたままの不正義のことなど、どうでもいい神なのですか」と神父に詰め寄り、「わずかな祈りと苦行で祝福が得られる」と分かっているがゆえに、キリスト教徒の神のもとでは、「人は強欲に衝き動かされるまま、土地を欲しがり、血を欲しがる」だろうと鋭く難詰する（二三二）。犠牲者側のサクソン人であるウィスタンは、ブリトン人たちが支配者側であることを利用した論理にもとづく「神」による都合のよい「許し」をお墨付きとして行った暴虐を忘れていることに憤っている。それゆえ忘却の霧を払い、そこに「埋められた巨人」（the buried giant）を掘り出して、再び人々の間で共有することを望む。

クエリグを（その番人だったガウェインとともに）退治したウィスタンは、それまでのブリトン人とサクソン人との平穏な時は儚《はかな》い夢のようなもので、サクソン人たちに集合的な復讐心が戻ってくれば一斉にブリトン人へ逆襲を開始するだろうと述べる。

「かつて地中に葬られ、忘れられていた巨人が動き出します。遠からず立ち上がるでしょう。

そのとき、二つの民族の間に結ばれた友好の絆など、娘らが小さな花の茎で作る結び目ほどの強さもありません。男たちは夜間に隣人の家を焼き、夜明けに木から子供を吊るすでしょう。〔……〕わが軍は進軍をつづけ、怒りと復讐への渇きによって勢力を拡大しつづけます。あなた方ブリトン人にとっては、火の玉が転がってくるようなものです。逃げるか、さもなくば死です。〔……〕」（四四七）

ウィスタンの立場で興味深いのは、（連れ去られた結果ではあるものの）幼少期から自分を育ててくれたブリトン人に対する一定の共感も自覚している点である。それは対立する両者間での対話をひらく可能性にもなりうるものだろうが、ウィスタンはそれが自分の「恥ずべき弱さ」（四四七）であり、それゆえに「憎しみの炎から目をそらして」しまうのだと否定的にとらえている。そして、民族の集合的な復讐心をより純粋な形で継ぐ者として、「本物の戦士の魂」を持っているというエドウィンを指名する。エドウィンはブリトン人に対して「慈悲の心など微塵も見せないよう育つはず」（四四八）だと期待するのである。

クエリグが退治されて忘却の霧が晴れることで、ウィスタンやエドウィンたちサクソン人の集合的記憶に加えて、アクセルとベアトリスの間で忘れられていた個人的な記憶も回帰してくる。だが、

（8）『浮世の画家』の結びで暗示されていた、「忘却による赦し」（［Ⅰ②『画家』］を参照）というモチーフの再考を迫っているようにも見える。

息子や夫婦関係についての記憶は彼らにとって心地よいものばかりではなかった。では、それらの記憶は埋められたままの方がよかったのだろうか。『忘れられた巨人』が我々に提起するのは、このように過去を思いだしたり、あるいは忘れたりする「記憶の継承」および、想起された記憶とどのように向き合うのかという、「記憶の倫理」〔Ⅱ⑦記念碑〕をめぐる諸問題である。果たして我々は、本章の冒頭で紹介したベアトリスの言葉のように「悪い記憶も取り戻します。仮に、それで泣いたり、怒りで身が震えたりしてもです。人生を分かち合うとはそういうことではないでしょうか」と力強く主張できるだろうか——そう自問せずにはいられない。

イシグロの中でこうしたテーマが重要なものであり続けたことは、二〇〇一年の来日時の質問の一つに対して、「これからは、国家や共同体がこの問題にどう向き合うかをテーマに書いていきたい」(『特急二十世紀』、六七)と応えていることにもうかがえる(それが『忘れられた巨人』の物語として結実するには実に一五年を要したわけであるが)。

国家も、個人と同じように記憶したり忘れたりするものなのか。それとも、そこには重要な違いがあるのか。国家の記憶とは、いったいどんなものなのか。それはどこに保存されているのか。どうやって作られ、どう管理されているのか。暴力の連鎖を断ち切り、社会が混乱と戦争のうちに崩壊していくのを阻止するためには、忘れる以外にないという状況もありうるのか。としても、意図的な健忘症と挫折した正義を地盤として、その上にほんとうに自由で安定した国家を築くことなどできるのか。私はそういうことについて書く方法を見つけたいが、残念ながら、いまのところどうやっていいかわからずにいる……。私の耳に、そんなことを質問者に答えている自分の声が聞こえてきました。

（『特急二十世紀』、六七、六九）

物語の最後でアクセルとベアトリスは再び船頭のもとを訪れ、二人一緒に島に渡してもらえるように交渉するが、彼らがその後、島でどのように過ごしたのかは読者の想像にゆだねられている。失われていた記憶を取り戻した上で、それが必ずしも心地よいものばかりではなかったことを実感した二人が下した決断は、我々は過去に対していかに振る舞うべきなのか、という集合的な記憶の倫理における態度の可能性の一つをミニマムな、しかし切実な形で表しているようにも思われる。

⑧ 『クララとお日さま』の暗闇と光

ノーベル文学賞受賞後、イシグロが二〇二一年に出版した『クララとお日さま』(*Klara and the Sun*, 2021) は、本書の序文で示した「この話、イシグロの別の作品でも読んだ気がする」という「奇妙な懐かしさ」を強く喚起してくれる。それはこの作品がAI搭載のロボットが語り手というSF的な設定を用いながらも、これまでにないほど多くの「イシグロらしさ」に満たされた作品だからと言うこともできるだろう。以前の作品から追究されてきたテーマやモチーフたちが変奏あるいはかなり直接的な形で再び登場しており、ともすれば自己模倣やマンネリだという軽々な誹《そし》りを招きかねないが、その危険を恐れずに、イシグロが現在の自分にとって(そして我々読者にとっても)切実な問題に真摯に取り組んだ成果であることは間違いない。これらのテーマは『クララとお日さま』でさらに明快な形で探究されており、自身の関心や技法を再確認したイシグロが、今後さらなる深みへと踏み出すことを期待させてくれる小説である。

本章では『クララとお日さま』の主要な論点や注目点について、これまでの作品でも展開されてきた主題と関連づけながら述べてゆく。[1]

子供の伴侶としてのAF

クララは子供向けのAF（Artificial Friend 人工親友）と呼ばれる愛玩用のロボットで、彼女が仲間のAFたちとともに店の棚に並べられて、ショーウィンドウの外を見ている場面から物語は始まる。太陽光を動力源としているAFのクララにお日さまはたっぷりと光を注ぎかけてくれている。AFたちは店にやって来る子供に自分が選ばれることを夢見ており、クララも例外ではない。クララは結局ジョジーという少女と出会うことになるが、第一部ではその経緯も含めてAFと子供たちとの関係性や、AFが周囲の世界をどのように理解しているかが丁寧に述べられている。

そして、AFと子供たちおよびその家庭との出会いが必ずしも幸福なものではないことも物語はすでに示している。自分たちがどんな家に行くことになるかを友人のAFたちと無邪気に話し合っ

（1）　この小説は二〇二二年現在においては出版間もなく、未読の方も多いであろうことを考慮して、本稿では物語の核心的な部分（いわゆる決定的な「ネタバレ」）は伏せているが、読者が自身で考察を深めるための主要な論点は提示できているのではないかと思う。また本書の各所でも、イシグロ作品の各テーマの系譜に『クララとお日さま』を位置づけている。

ていたある日、クララは少女とその後ろを離れてついて歩く男子AFを見かける。少女から三歩分ほど距離をとり続けることがそのAFに対する彼女からの命令であると理解したクララは、男子AFの足取りの重さに「その心中はどんなだろう」と思いをはせる。

やっと家が見つかったのに、その家の子にいらないと思われているというのは……。仲よくすべき子にさげすまれ、拒否されながら、それでも一緒に暮らすAFがいる。（二八）

誰かに選ばれることを無邪気に期待していたクララにとって、それは思ってもみなかった可能性であり、彼女は一抹の不安を感じる。

クララがいる店に母親とともにやって来たジョジー（クララは一四歳半と推定する）は「また来るから」（二三）と一度は帰ってしまう。だが再会を約束するジョジーの言葉はクララの中に残り続けていた。それもあってか彼女は外で展開される「コーヒーカップのご婦人」と「レインコートのご老人」との長年を経た（らしい）再会劇を興味深く眺めることもあった。そしてジョジーが再び店にやって来るものの、「すぐにまた来るから。約束する」と今度も立ち去り、その後ジョジーはしばらく来なくなってしまうが、最終的には店に戻ってきてくれる。だがその姿を見てクララの「心」（原文では heart でなく mind が用いられている）では喜びと、果たして自分はジョジーに選んでもらえるだろうかという不安が複雑に入り混じる。

子供というものは簡単に約束する。そのまま戻ってこなかったり、戻っても、約束した相手を忘れて別のAFを選んだりする。（六二）

しかしジョジーは「ショートヘアで浅黒い」、「フランス人みたいなAF」のクララを深く気に入っており、彼女以外の選択肢はないことを強く主張する。お互いと結ばれることを固く信じるクララとジョジーの姿が示される場面は第一部のクライマックスにふさわしいものであるし、『わたしたちが孤児だったころ』や『わたしを離さないで』、『忘れられた巨人』でも描かれた他者への思いやりを喚起する。

『クララとお日さま』で冒頭から強調されるのはクララの観察力であり、「外の世界を細部にいたるまで全部見たい」（一四）という「見る」ことに対する彼女の底知れぬ欲求である。そして、彼女の観察力と見たものを模倣する力（ジョジーの歩き方をまねる）が決定打となり、ジョジーの母親もクララを家に連れて帰ることを認める。クララの観察眼は先に挙げた、窓の外を歩く少女と男子AFの様子といった視覚的なものだけでなく、自分とは違う人間という存在の抱く「感情の不思議」を理解することにも向けられている。彼女は二人の男がケンカしているのを見て、男が感じていたであろう「怒り」を理解すべく自分の中に再現しようとさえする。

このように人間を「模倣」しようとするクララの姿勢は、クローンが主人公の『わたしを離さないで』はもちろん、「ふり」（pretend）を突き通した、表面上は感情を排したロボットのような『日の名残り』のスティーブンスに通じるようにも思われる。そして、これまでのイシグロ作品がそうだったように、模倣しようとすればするほど、両者の間での隔たりは強調されてゆくことになる。

格差と断絶

『クララとお日さま』はこうした「断絶」を示すと同時に、以前の作品と同様、これほどまでに隔たった人間とAFとが互いを思いやるという「架橋」の可能性も示している。そして我々の目を引くのは、AI搭載のロボットであるクララも「完全ではない」ことである。彼女は「B2型」で最新型ではないし（すでに次世代のB3型が登場している）、備わっていない機能もある。それはジョジーのクラスメートの子供たちとの間での心ないやりとりを引き起こし、ジョジーとクララの間にも緊張をもたらす。そしてクララが直面するこのような断絶は、彼女が目にする人間たちの世界にも同様に存在していることが次第に明らかになってゆく。

アメリカと思われる地域を舞台に展開されるこの物語の中での断絶と格差を顕著に体現するのが、ジョジーの隣家に暮らす少年リックである。独学でドローンを飛ばす研究を進めるなど才気があるだけでなく、幼馴染のジョジーや具合の悪い母親を気づかう思いやりを備えた人物として描かれる。そしてリックをめぐっては、この世界で子供たちに行われているという「向上処置」（原文では"lift"）の問題が浮かびあがってくる。

これは遺伝子操作など高度な技術を背景とした能力を向上させる処置で、（おそらく費用も高額であり）受けられる者と受けられない者が生じるだけでなく、体調が悪くなる危険性も示され、実際ジョジーはそのために外出がほとんどできなくなっている。向上処置を受けている（lifted）ジョジーに対して、リックは受けていない（unlifted）ため、彼はジョジーと同じく向上処置を受けた彼女のクラスメートたちから露骨な差別を受ける。だが向上処置に象徴されるシビアな格差が存在するこの世界で、リックはふさぎこむこともなく彼なりに生き抜いてゆく道を模索しようとする。

またジョジーの父親もかつては工場で働く優秀な技術者であったが、「置き換えられた」（substituted ロボットに仕事を取られたことが示唆される）のだという。だが彼は元の立場に戻りたいというそぶりも見せず、現在は同じような境遇の人たちと郊外に「コミュニティ」を作って暮らしている。そして、元妻であるジョジーの母親が「あなたの身に起こったことは残念よ。いまでも胸くそが悪いし、腹が立つ」と言っても、むしろ物事を「新しい視点」（a fresh perspective）から見ることを彼女に提案する。彼自身は「置き換えられて最高だった」と思っており、世界を「違う目」で見られるようになって、「何が大切で何が大切でないか、見分けられるようになったと思う」、「以前よりいまがいい――心からそう思っている」、「ほんとうに生きてるって気がする」（二七三）とさえ述べる。

悪しき力

ジョジーのことを思うクララの目から描かれる『クララとお日さま』の世界は全体的に温かく希望に彩られているが、それを突き破るような危険で荒々しい存在［II⑬悪］も描かれており、クララに不安をもたらす「クーティングズ・マシン」（四三）はその典型の一つである。車体の横に「クーティングズ」と書いてあることからクララがそう呼ぶ工事用の大型車両で、大きな音を出して彼女の動力源であるお日さまの光をさえぎる黒煙を吐き出す姿は、クララにとっては汚染を広める悪そのものである。
またクララがジョジーの母親とモーガンの滝へ行く途中で見かける「雄牛」（一四五）も、その得体の知れない力に満ちた姿が彼女に底なしの恐怖を感じさせる。彼女の目には「多くの怒りと破壊のサイン」を発しているだけでなく、「もっと奇妙で深い何か」として映る。

あの瞬間に感じたのは、この雄牛は重大な過ちだ、ということです。この動物がお日さまの光模様の中に立つことを許されたのは過ちであり、いるべき場所は地中の奥深く、泥と闇の中であり、地表の草のあいだに置くことは恐ろしい結果をもたらす、と感じました。　（一四五）

一頭の雄牛への過剰にすら見えるクララの不安は読者を戸惑わせさえするが、雄牛の禍々《まがまが》しさが彼女にとって善きものの象徴であるお日さまと対比されているのはクーティングズ・マシンと同様である。また悪しきものは地下にいるべきであるという認識は、天上の太陽との対比とともに、『忘れられた巨人』でアクセルたちが修道院の地下で怪物と遭遇したことも想起させるだろう。

限定された視野と間接的なコミュニケーション

クララは並外れた鋭い観察力を備えていながらも、クーティングズ・マシンのせいで周囲の皆が病気になってしまうのではないかと不安がったり、道路に横になったまましばらく動かずにいた

（彼女は「死んでいた」と思っていた）物乞いの男とその飼い犬が、翌日になってお日さまの力のおかげで蘇ったと思うなど、時折子供じみた奇妙な推論を引き出す。(2) つまり、高度な演算能力と人間のような思考力を持つはずの彼女の認識も完全ではないことが作中でしばしば示される。

それは彼女の「視野」［Ⅱ⑫］が頻繁にさえぎられることにも表れている。店の棚に並べられていた時には窓から通りの様子を注意深く観察していた彼女も、ジョジーの家に行ってからは必ずしも周囲の様子を十全には把握できない。別の方向に向けられていたり、暗がりに置かれたりして、出来事を直接見ることができず、声や音で状況を推察する様子も描かれる。そして彼女の視界が時折「ボックス」に分割されることも、このような制限された視野（perspective）の議論と関連づけられるだろう。周囲の変化が早すぎたり情報量が多すぎて処理が追いつかない時には、クララの視野がいくつものボックスに分割されるうえにうまく統合されず、彼女自身も合理的に状況をとらえきれないことが示唆されている。

芸術的《アート》創作

これまでのイシグロ作品にも登場した「アート」［Ⅱ⑧］というモチーフは『クララとお日さま』でも重要なはたらきを担っている。中盤（第三部）で言及される、ジョジーが描いてもらっている

（2）　名探偵と称されながらも、幼い頃に誘拐された両親を必ず救い出すのだという信念にとらわれていた『わたしたちが孤児だったころ』のバンクスの姿にも通じている。

という「肖像画」(the portrait)が喚起する、モデルと描かれた絵画との関係は、『わたしを離さないで』での美術制作(内面を表す技術としての「アート」)の意味を意識させるだけでなく、クローンを主題とする同作で展開されていたオリジナルとコピーの主題にも我々の目を向けさせるだろう。

またジョジーとリックが行う「吹き出しゲーム」(the bubble game)のように、絵を描くことが人物間でのコミュニケーションを促進する可能性も示されている。ジョジーが描く二人の人物(ジョジーとリックを表している)にリックが吹き出しでせりふを加えてゆくアクティビティであるが、この間接的なやりとりをきっかけとして、二人が互いに直接言いづらかったことを伝える姿も描かれる。もちろんこの点は、「信頼できない語り」の技法をトレードマークとしていたイシグロが追及してきた誤解とディスコミュニケーション〔II③〕およびそれを越えたコミュニケーションというテーマにも関わっている。

変わることと、変わらないこと

ジョジーの家に彼女の友人たちが集まる交流会(the interaction meeting)はクララにとって大きな試練となった。いつも優しいジョジーとは異なる(クララの目には乱暴に映る)人々との接触はクララにとって居心地のよいものではなく、ジョジーからは受けたことのないような言動を投げかけられてクララが対処に困る場面が繰り返し描かれる。さらに、そのような友人たちの中にいて、ジョジーがそれまでなら見せなかった態度を示したこともクララを戸惑わせる。

この経験は、ジョジーも変わることがあるのだと知れたという意味で「新しい視点から物事を見るための機会として有意義だった」（二一二）とクララは前向きに考えるが、その一方で彼女は「ほんとうのジョジーは親切だ」（二一〇）と信じようともしている。こうした変化の連続はジョジーの年代なら「成長」として受け入れられるであろう（そして成長期と呼ばれるこの短い時期が一生の中でいかに特異なものかと気づかされる）。だが、このような「成長」のないクララにとってジョジーの移ろいは、「変わること」と「変わらないこと」、あるいは変化し続ける中でも変わらないものについて考え始めるきっかけとなり、彼女は「「人が変わる」こともジョジーの一部なら、わたしはそれを受け入れ、対応する用意をしておかねばなりません」（二一三）とさえ決意する。

そしてこれまでのイシグロ作品をあらためて振り返ってみれば、変わり続ける中での変わらないもの、あるいは変えまいとしていたものが変わってしまう状況《シチユエーション》は、『遠い山なみの光』をはじめとする「非公式の三部作」での過去が繰り返し回帰してくる叙述から、変わらない真実の愛情を強調する『わたしを離さないで』や『忘れられた巨人』まで、繰り返し描かれてきた主題であることが実感されるだろう。

ジョジーのことを常に第一に考え、彼女のために最善を尽くそうとするひたむきなクララの姿は、我々読者の胸を打ち、それは『日の名残り』でダーリントン卿のために尽くそうとするスティーブンスの姿も喚起するだろう。そして『クララとお日さま』は、クララ以外にも様々な人がジョジーを気づかう（ケアする）物語であることも付け加えておきたい。彼女の母親、父親、リック、そして家政婦のメラニアさんも、それぞれのやり方と考えでジョジーのことを考え、決断し、行動する。

それらは多彩な形で発現して、時には相容れず、衝突することもあるのだが、そのような相違や断絶を乗り越えて（あるいは維持したままに）交流を続ける可能性を提示していると言うこともできるだろう。前作『忘れられた巨人』から六年あまり、イシグロを信じて待ち続けてきた我々読者への贈り物《ギフト》と呼ぶにふさわしい作品である。

II モチーフ編

① 幽霊

――死、自殺

第Ⅰ部で見たように、『遠い山なみの光』では万里子の幻視する「川向こうの女」が叙述上重要な役割を果たすモチーフとなっている。その姿は万里子が東京で見た子殺しの女にも似た、この世の者ならぬ「幽霊」のような不吉なイメージで語られる。万里子を連れ去ろうと何度も訪れるその女はたいていは彼女の幻視なのだが、九章の終わりで悦子は遠くに見える佐知子の家の近くで、ふらふらと歩く女の姿を目にする。心配になって近づいた彼女が実際に会ったのは佐知子の従姉の靖子だったわけだが、彼女はやせて顔色が悪く、黒っぽい「ふつうなら葬式に着るような」(二二四)服装で現れている。また、万里子自身もしばしば、うつろな目でぼんやりとした様子で描かれており、それは作品全体が自殺した景子をめぐる物語であることとも関わっている。

景子は長崎時代にはまだ生まれておらず、イギリスでの語りにおいてはすでに亡くなっているため直接描かれることはないが、その気配は随所に書き込まれている。悦子がイングランドの自宅で夜中に目覚めた時、かつて景子が過ごしていた部屋で何かが動く「かすかな音」がしたような気配を感じる。部屋のドアを開けてみるが、中にはもちろん誰もおらず、彼女が出て行った時のまま、静謐ながらも不穏な雰囲気を漂わせている。

うっすらと灰色の光につつまれている景子の部屋は、寒々としていた。シーツが一枚掛かっているだけのベッド。白い鏡台。床の上にはマンチェスターへ行くとき彼女の残していった持ち物を入れたままのボール箱が、いくつも並んでいる。わたしはさらに奥まで入ってみた。カーテンがあけっぱなしなので、下の果樹園が見えた。空はほの白い。雨はやんでいるようだった。窓のすぐ下の草の上で、鳥が二羽、落ちたリンゴをついばんでいる。そのうちに寒くなってきたので、自分の部屋に引きかえした。(一二六)

悦子は別の日にも景子の部屋で物音を聞くのだが、その時も何の異常も見られなかった(二四七)。実際、この作品を「幽霊物語」(a ghost story)と評する批評家もいるように、『遠い山なみの光』全体に景子が取り憑いている、と言うこともできるだろう。そのような雰囲気を醸し出すために、薄気味の悪さを感じさせる描写が各所に用いられている。

「ある家族の夕餉」の庭と幽霊

このような幽霊のイメージや雰囲気は、「死」を喚起する不穏なものとして、初期の短篇「ある家族の夕餉」にも色濃く表れている。この短篇は戦後間もない日本を舞台に、アメリカに移り住んでいた語り手が一時帰国して鎌倉に住む父と妹を訪ね、タイトルにある通り久しぶりに家族で夕食の鍋を囲む物語であるが、それは心躍るようなものとしては描かれておらず、物語の各所には不穏さが影を落としている。

まず冒頭では、語り手の母親がフグを食べて死んでしまったことが明らかにされ、その毒がどれほど強力なものかが述べられる。

フグの毒にあたると猛烈に苦しんで、たいていの場合死に至る。夜に食べると、普通は寝ている間に毒が回って苦しみ出す。何時間かのたうちまわって苦しみ、朝には死んでいる。（七七）

それに加えて、意図的な死としての「自殺」の話題が繰り返される。父親が営んでいた会社が倒産し、その共同経営者だった渡辺氏は「肉切り包丁で腹を切って」自ら命を絶っただけでなく、家族も道連れにしていた。また父は母親の死が「偶然じゃなかった」と思っており、その理由について、「母さんには心配事がたくさんあった。失望もいくらかね」と述べる。

これらに加えて、庭の井戸に出るという「お化け」（原文では“the ghost”なので幽霊と考えてもよいだろう）が語り手と妹との間で話題となり、実際に見たという語り手は、それは「お婆さん」で「髪の一部がほつれて」「白い着物を着て」（八四）立っていたと描写する。その真偽は定かではないが、物語内ではこの幽霊のイメージに死んだ母親の姿が交錯させられて（母親の写真の姿が「白い着物を着たお婆さん」のようだと述べられる）、全体に不吉で不穏な雰囲気を振りまいている。

そして、こうした空気の中で、彼らは父親お手製の「ただの魚」（九〇）が入った鍋料理を黙々と食べ続けるのである。(1) この短篇でも、日本という異邦の文化の得体の知れなさを醸し出す装置として幽霊が用いられている。

日英の幽霊観への関心

イシグロはこのような日本の幽霊表象をどのように知ったのだろうか。イギリスに移ってからも親しんでいたという日本の映画たちは、たしかに有力な情報源であることが容易に類推できるが、この点については近年活発になっているアーカイブ調査からより詳細な経緯が浮かびあがっている。(2) イシグロと日本との関係を浩瀚に論じる論集『カズオ・イシグロと日本――幽霊から戦争責任まで』に収められている加藤めぐみの論考「幻のゴースト・プロジェクト――イシグロ、長崎、円山応挙」は、実現はしなかったものの、イシグロ自身が立案していた日本の幽霊についてのテレビ・ドキュメンタリーの企画と、それに関わる日本の幽霊表象の文化的背景を詳細にひもといており、アーカイブ調査から明らかになった数多くの興味深い事例もまとめられている。ここではその一部を示しながら、イシグロ作品における幽霊表象のはたらきと意味を考察してゆく手がかりとしたい。

「ゴースト・プロジェクト」と名づけられたイシグロによる企画案は、『浮世の画家』が出版された翌年の一九八七年二月に第一案が提出され、以後第三稿まで改訂されている。そこには、イギリスと日本の幽霊観の違いをチャールズ・ディケンズ『クリスマス・キャロル』に登場するマーレイの亡霊や、切断された自分の首を抱えたアン・ブーリンの亡霊、新藤兼人の映画『鬼婆』や溝口健二の『雨月物語』などとの比較によって紹介したり、日本の場合には死者が幽霊になる理由が多様であることを述べたりするなど、かなり具体的な案が示されていたようである。

また、多くの場合女性(老婆)の姿で描かれることや、長い白髪とだらりと垂れた手という独特の表象にも日本の文化や思想が表れているというイシグロの視点にもとづいて、その成立経緯を一五世紀の「安珍と清姫」の物語や小泉八雲の「雪女」、「牡丹灯籠」、「四谷怪談」などに遡って考察することも試みられる予定であった。

---

(1) 「この短篇では「日本人は自殺をするものだ」という西洋人の期待を利用した」とイシグロは述べており、彼らがその後どうなったかは、ポジティブにもネガティブにも解釈することができるだろう。すでに亡くなった語り手が物語を述べている可能性を論じるものには、田多良俊樹「語り手はもう死んでいる——カズオ・イシグロ「ある家族の夕餉」の怪奇性」(東雅夫・下楠昌哉編『幻想と怪奇の英文学Ⅳ 変幻自在編』春風社、二〇二〇年、二七二—二九四頁)がある。

(2) テキサス大学の運営するハリー・ランサム・センター(Harry Ransom Center)には、イシグロが作品を執筆する際に記したメモや草稿類が収蔵されている。そのアーカイブの設立にあたって一〇〇万ドルあまりがイシグロに支払われたことを英ガーディアン紙が報じている(ウェブ版二〇一五年八月一三日)。

イシグロがこのような企画を立案した興味深い理由の一つとして、日本の幽霊像の成立には長崎が大きく関わっていると考えていたことが挙げられる。彼が幼少期を過ごした長崎の家の近くに、円山応挙が幽霊画の着想を得た家が残っていたというのである（加藤、一二二）。しかし、円山応挙の数々の幽霊画や落語「応挙の幽霊」も取り上げながら加藤論考が検証するように、それが事実だと根拠づけることはできず、実は「長崎が「幽霊物語、民間伝承に満ちた故郷」であってほしいというイシグロの期待が多分に含まれていた」（一三四）可能性が高いようである。つまり、「日本の幽霊」も彼にとっての「日本」と同様に「「想像力と記憶と瞑想」でこね上げられたもの」（一三九）なのだが、イシグロがそれを手放さなかったからこそ「ある家族の夕餉」や『遠い山なみの光』の薄暮の中のゆらめきのような雰囲気が醸成されたのだと考えてみると、「物語のさらなる深淵に斬り込んでいく」（一四〇）ための重要な手がかりの一つと言えそうである。

②

動物
——親しいものと不気味なもの

『日の名残り』で車の旅を楽しんでいたスティーブンスの前にニワトリが現れて、彼は間一髪ブレーキを踏んで車を止める。そこに声をかけてきた農家の女性はスティーブンスにニワトリを救ってくれた礼を言い、「田舎に暮らしていれば、動物が怪我したり死んだりするのは平気だろうなんて、そんなことを言う人もいますけれど、それは嘘ですわ」（九七）と述べる。そのようなイメージに反してニワトリをネリーと名づけてかわいがっていることや、以前にはカメがひかれてしまって悲しんでいたことが示される些細な場面だが[1]、他の作品でも、単なる愛玩の対象以上に、動物への愛着

（1）　本作も含めて、初期のイシグロ作品がステレオタイプをめぐるものでもある点から見ても興味深い場面に思えてくる（「II⑩ステレオタイプ」参照）。

や親近感が描かれている。

『充たされざる者』に登場するブロッキーの飼い犬ブルーノは、この老指揮者の伴侶《コンパニオン》のような存在として町の人々にとらえられており、その犬が突然に死んでしまったという知らせが広まった時には、ブロッキーが悲しみのあまり演奏会に参加できなくなるのではないかと人々が案じるほどだった。その状況はブロッキー本人が現れるとさらに過熱し、人々はこぞって彼にお悔やみを述べ、ブルーノの銅像を建て、町の通りに彼の名前をつけることさえ提案する（二五五）など、ただ一匹の犬の死への対処が木曜の夕べという公的なプロジェクトの成功の鍵を握るかのように大きく取り上げられる様子が滑稽に描きだされている。(2)その一方で、ブロッキー自身が飼い犬に対して抱く、より密やかな哀悼の気持ちも描かれている。彼はブルーノが「いい友人だった。ただの犬ころだが、いい友人だった」とライダーに述べて、別れを告げるための「ささやかな葬式」（五五三）をしてやりたいので、自分とブルーノのために「最高の音楽」（五八二）を弾いてくれないかと懇願する。

また『忘れられた巨人』の老騎士ガウェインにも、老いた馬ホレスが長らく付き従っており、彼が語りかけるとそれに応えるように感慨深げに見返す（三九〇）ほどに親密な伴侶《コンパニオン》であることがうかがわれる。ガウェインもかつては「やさしい連れ合い」（四〇七）を求めていたが、アーサー王による「任務」を果たすためにそれも諦めたことが語られる。そして、アクセルにはベアトリス、ウィスタンにはエドウィンがいるように、ガウェインのそばにはホレスが寄り添っている。

猫

人間以外の対象に人間並みの（あるいはそれ以上の）愛情を注ぐことは、フィクションの中に限らず我々も日常的に経験することだが、イシグロ作品では時折作品の主題《テーマ》とも密接に関わるモチーフとして用いられており、『遠い山なみの光』で万里子が猫の世話をする様子にもそれが表れている。彼女は猫たちに「アツ」「ミー」「スージ」（一一一）と名づけてかわいがっており、叔母の家に引っ越してゆく際にも彼らを連れて行けるかどうかを心底気づかう姿が描かれている。

しかし、万里子が愛情を注ぐその猫が母親の佐知子によって川に沈められてしまう「子猫殺し」の情景は、作品の主題である「子殺し」に直結していることは第I部でも見た。「それはあんたの赤ちゃんじゃない、ただの猫よ。ねずみや蛇と同じなの」（二三五）という佐知子の言葉は、彼女にとっての万里子と同様に、愛情の対象が同時に不安や嫌悪の対象にもなりうることをよく示している。

蜘蛛

そして、動物への愛着と並んで『遠い山なみの光』にすでに表れているのは、同じく人ならざる

(2)　この様子を「現代のセレブリティ文化において有名人の伝説がおかしな形式で作り上げられる様子を風刺したもの」と見る論者もいる（Sim 59）。

ものに対する不安である。語り手悦子の娘景子の分身とも言える万里子はしばしば不穏な影を漂わせ、蜘蛛と結びつけられることもある。ある時悦子が佐知子の家を訪れると、万里子が暗がりの中で蜘蛛を見つめている姿に遭遇する。悦子は蜘蛛に対して明らかな嫌悪感を示して、放っておくように言うが、万里子は「でも、毒じゃないわよ」（一一〇）と執着して両手で捕らえ、「食べたらどうなる？　毒じゃないよ」（一一六）と口元に持ってゆきさえする。[3] この場面で交わされる話題は、母親佐知子の不在と彼女の恋人フランクのこと、そして以前に飼っていた猫がいなくなったことなどで、万里子の不安だけでなく、それを語る悦子自身の心情も暗示するものとなっている。

　不気味なものの象徴としての蜘蛛は『わたしたちが孤児だったころ』にも表れている。幼いバンクスとアキラは、アキラの家の中国人召使いリン・チェンに得体の知れない恐怖心を抱いていたのだが、アキラはそれに対する説明として、リン・チェンが隠しているという「秘密」を暴露する。それは、彼が切断した猿の手をため込んでおり、秘薬を使ってそれらを「クモに変える」（一五六）というものであった。夏でも黒い服を着て、帽子に辮髪《べんぱつ》という姿の無愛想な人物に対する漠然とした不安が、切断された手から生み出された蜘蛛という妄想へと具現化されて不安をさらにかき立てており、子供たちはそれを振り払うことができない。ある時バンクスとアキラはリン・チェンの留守中に彼の部屋に忍び込む冒険を試みる。「さあ、きみ《オールド・チャップ》！　一緒に行くぞ！」（一六二）と威勢よくかけ声をかけて一緒に部屋に入った時、アキラがタンスを指さして「クモがあの中にいるぞ！」（一六三）と注意を促す。その大仰な様子にバンクスは滑稽さすら感じるが、そのような理性的判断を乗り越えるように湧き上がってくる蜘蛛のイメージは、そこはかとない不安や恐怖を象徴するものとなっている。

　また、蜘蛛は作品内での人物たちの関係性や心情を比喩的に示すものとしても用いられている。『わたしを離さないで』では、キャシーたちが八歳の時、ヘールシャムを定期的に訪れるマダムを仲間たちで取り囲む遊びを決行すると、マダムは彼女たちに対して想定外の反応を示す。この時マダムの怖れは、「ルースの言うとおり、マダムはわたしたちを恐れていました。蜘蛛嫌いな人が蜘蛛を恐れるように恐れていました」（五八）と、蜘蛛になぞらえて描かれている。つまりマダムや保護官たちにとっては、クローンである自分たちが人ならざる「蜘蛛と同じに見られ」、触れることすらためらわれるほどの嫌悪の対象であるという事実に直面してしまった「衝撃」（五八）である。

　レベッカ・スーター（Rebecca Suter）は、『カズオ・イシグロと日本』収録の論考「「蜘蛛であること」――カズオ・イシグロの二世界文学」で、この場面を語るキャシーの語り口に着目する。スーターは、「これと似たことは、きっとどなたも子供時代に経験しておいででしょう」というキャシーの呼びかけ方は、彼女たちが物語内でどのような存在であるかを示すだけでなく、語りの対象が自分と同様のクローンという、我々読者とはまったく異なる存在であることを明確にする叙述戦略を明らかにしていると論じる。[4] そして人以外のものと対比されることで、逆説的に作品内での「人間性」をめぐる議論が深められている点にも要注目である［II⑨人間の価値］。

（3）　シャファーはこの場面を「万里子の象徴的な自殺」（Shaffer 32）と呼んでいる。
（4）　［I⑥『わたしを離さないで』］および［II⑭ケア］も参照。

蛇

『わたしたちが孤児だったころ』では蜘蛛に加えて、蛇も油断のならない不吉な悪を指し示すイメージとして用いられている。両親の誘拐に関わっているとバンクスが想定する共産主義者が「イエロー・スネーク」と呼ばれるだけでなく、世界を混乱に陥れている情勢が「悪」と呼ばれ、多頭の「蛇」(serpent)のようなものと形容されている。根絶することの困難なそのしぶとさは「ひとつの頭を切り落とすと、そこからさらに三つも頭が生えてくるような」もので、退治するには「大蛇の心臓」にとどめを刺さなくてはならない(二二八―二二九)とされ、その中心が上海にあることが示唆されている。また『遠い山なみの光』でも、悦子の足に絡まったロープが、やはり不吉なものの象徴として、「草のあいだを蛇(a snake)が這ってでもいるような音」(二一七)を立てていたことを思い起こしてもよいだろう。

不気味で不穏な印象を付与するモチーフとしての蛇は、その後『忘れられた巨人』にも引き継がれている。檻に閉じ込められていたエドウィンに襲いかかってきた生き物が蛇の頭をした鶏の姿として描かれていたり、サクソン人であるウィスタンを討ち取ろうとした兵士が返り討ちになった際に、倒れた亡骸の下から蛇が這い出してきて、アクセルとベアトリスの方へ素早く近づいて緊張感が高まる場面が挿入されたりしている。

本項では動物や生き物に関連した場面を取り上げてきたが、些細な細部がそれとなく作品の雰囲気を制御《コントロール》する、イシグロ作品の仕組みの一例と言える。

③

（ディス）コミュニケーション

――すれ違うメッセージを通じてこそ伝わるもの

『忘れられた巨人』で、アクセルとベアトリスは旅に出たばかりの頃には、二人だけで前後に並んで進みながら、頻繁に「いるの、アクセル」、「いるよ、お姫様」（五三）と声をかけ合う。すぐ近くにいるにもかかわらず不安になって互いの存在を確かめ合う様子は、二〇一五年の出版当初は（作品内が忘却の霧に覆われた茫漠とした世界とはいえ）過剰にさえ思われたが、その後二〇一九年以降に感染症が世界的に蔓延してオンラインによる画面上でのやりとりが広がった状況下では、相手のカメラがオフにされた真っ暗な画面に向かって「そこにいるの？」と呼びかけたくなった方も多いのではないだろうか。また、『クララとお日さま』でもオンラインでの授業を思わせるやりとりが描かれているが、イシグロはそうした（物理的あるいは心理的な）隔たり《ディスタンス》をもったやりとりを、現代的な予見として取り入れているわけではない。むしろそれらの要素は、私たちがこれまでも日常的に感じてきた、自分と相手とのつながりは維持されているだろうか、そして自分の言葉は相手にちゃんと届いているだろうか、という懸念にもつながっている。イシグロは人間のコミュニケーションに含まれる、このようなすれ違いの可能性を作品に取り入れながら、人物たちが自分の心情をうまく表現できずに沈黙してしまったり、相手の言葉を誤解したりする場面を頻繁に描いている。

流転する手紙の真意

『日の名残り』のスティーブンスがイングランド南西部の旅を計画した発端はケントンからの手紙であり、彼女がどうやら不幸な境遇にあるだけでなく、そこに「間違いなくダーリントン・ホールへの郷愁がにじみ、もどりたいという願望」（一八）が「随所で」（六六）感じ取れたと述べる。だが旅の途中でそれを読み直してみると印象が変わっており、どこから復帰の願いを感じ取ったのか見つけられずに驚いた（二〇〇）ばかりか、ケントン自身からも「私がそんなことを書いたはずがありませんわ」（三三八）と否定されてしまう。彼の誤読が故意のものか、無意識的なものだったのかを断定することは困難である。また、一生懸命考えた渾身のジョークが通じなかったり、「生命の神秘」をレジナルドに何とか伝えようと苦心したりするコミカルなものも含めた様々なエピソードが、この作品の特徴である、彼の過去を間接的に伝える語りの構成要素になっていることは第Ⅰ部でも見た。そして、『日の名残り』までの初期の三作品で中心的な位置を占める「信頼できない語り」という技法が、このような誤解や婉曲表現、あるいは沈黙に満ちたものであることも各章で確認したが、こうしたコミュニケーションの不全《ブレイクダウン》は以降の作品でも繰り返し変奏されてゆく。

その一つが『わたしたちが孤児だったころ』での「アキラ」との再会である。クリストファー・バンクスは、上海の日本軍と中国軍が交戦する地域で出会った負傷した日本兵が、かつての幼なじみのアキラであることを確信する。一方の日本兵は「知るか。ブタ野郎」（四二二）と敵対的な態度をとっていたが、「アキラ！　ぼくだよ、クリストファーだよ」と言う彼に合わせるように「クリストファー。おれの友達」（四二四）と受け入れてゆき、二人は互いを探り合うような奇妙なやりとりを展開する。その会話は、二人にとっての「故郷」であるはずの「租界」をめぐるものであっても、読む側に緊張感が伝わってくるほどに危ういバランスの上で交わされるものであった。そしてバンクスは、最終的には「この話が長引けば長引くほど、ある種の危険が――それがどういう危険かははっきり知りたくはなかったが――大きくなっていくのを感じて」（四四五）、話を切り上げてしまう。

すれ違いながら通じ合う

またその一方で、表面的には言葉のやりとりがすれ違っているのに、深いところでは感情的な交流が成立しているケースが描かれていることも目を引く。『わたしを離さないで』での、踊るキャシーを見ながらマダムが泣いている場面はその一つである。幼いキャシーはヘールシャムの自室でお気に入りの「わたしを離さないで」の曲に合わせて踊っていた時、いつのまにかマダムが部屋の戸口にいて、彼女を見ながら涙を流していることに気づき、激しく戸惑う。キャシーがこの歌を聞きながらいつも思い浮かべていたのは、奇跡的に子供を持つことのできた女性が幸福感とともに

「一抹の不安」（一二）を抱きながら「ベイビー、ベイビー、わたしを離さないで」と歌いかけている、彼女独自の想像であった。後にマダムと再会したキャシーは、マダムが思い浮かべていたのはまったく別のイメージで、二人の認識はすれ違っていたことが明らかになるが、それでもその瞬間には、すれ違いを越えた何らかの感情的な交流があったことが強調されている。

また、バンクスが両親失踪の真相を知ってからさらに二〇年以上を経た『わたしたちが孤児だったころ』の第七部（一九五八年）で、彼は香港の介護施設で暮らす母親と再会する。彼女の認知能力はすでに低下していて、目の前にいるのが自分の息子だとは気づかないのだが、ふとしたきっかけで息子のことを思いだし、「あの子のことが心配でたまらないわ」（五一六）とつぶやく。バンクスはその言葉を聞き、たとえ目の前の母親とやりとりができていなくても、彼女は自分のことを愛し続けてくれていたのだと悟って心底安心する。

このような奇妙な間接的コミュニケーションはイシグロ作品の持ち味の一つで、音楽をめぐる短篇集『夜想曲集』の一篇「チェリスト」にも表れている。若きチェリストのティボールは、チェロの「大家」（virtuoso）（二八〇）と自称する女性エロイーズ・マコーマックからレッスンを受けることになるのだが、それは彼女が実演するのではなく、言葉で指示を与えてティボールが従うというものであった。それは当初「とてつもなく抽象的」だったにもかかわらず、演奏に劇的な変化をもたらすもので、彼は次第に彼女のレッスンにのめり込んでゆく。その様子は、音楽を共通のモチーフの一つとするこの短篇集の主題《テーマ》の一つでもある、自分たちの中にある音楽家としての資質は一体どのように表現されるのか、という問題にも関わっている。[1] すれちがい、かみ合わないように見えるやりとりの中で何らかの感情やメッセージの交流が起こるという、間接的なコミュニケーションの多彩なバリエーションが示されるだけでなく、コミュニケーションとは本来こうした不全《ディスコミュニケーション》とも地続きであることを指し示しているようにも思われる。

断片を持ち寄る

そのようなイメージを風変わりな形で示す一例が、『わたしを離さないで』の「ウォークマンセッション」（一五九）である。これはヘールシャムで一時期流行《はや》っていた遊びで、数名がウォークマンを囲むように芝生に座り、二〇秒くらい曲を聞いてからイヤホンを回していくというものである。たとえ一人ひとりにとっては不完全な断片であっても、最終的には「自分一人だけで全体を聞いたのとそう変わりない経験」（一五九）ができるのだとキャシーは語る。一つのものを複数人で断片的に共有するというモチーフは、互いの存在を思いやりながら支え合うキャシーたちの姿とも重なり合うだけでなく、『クララとお日さま』での、人間において特別なものは個人の中にではなく「ジョジーを愛する人々の中」にある、という言葉にも通じる認識だと言えるだろう。

（1）　小説家の中島京子は『夜想曲集』の解説で、五つの短篇に通底する主題として「才能」を挙げる。人物たちは才能が意のままにならないことに翻弄されるが、それを多く持つ者にも、また少ない者のためにも音楽はある。

④ 乗物

イシグロ作品では登場人物たちが様々な乗り物を利用して移動する。それ自体は小説一般にとってさほど珍しい行為ではないが、移動による場所の変化に伴う様々な想起は、語り手の叙述に過去が頻繁に挿入されるイシグロ作品の構造において重要な装置《デバイス》となっている。『遠い山なみの光』では長崎の市内電車で地区の間を移動することで、その場所にまつわる過去が人物たちに喚起される。中でも中川地区は悦子に被爆の経験を思い起こさせ、彼女はそこで「複雑な気持ち」になり、「心の奥に虚しさ」(二八)を覚えてしまう。そして悦子と一緒に出かけた緒方さんにとっても、自分の教師としての過去について批判的な記事を書いた松田重夫と対決する場所となっている。また第I部でも確認したように、悦子が佐知子親子と稲佐山で乗るロープウェイは本作における重要なモチーフ(ロープと吊られた子供)とも関連している。

過去のかけらを橋渡しする

架空の都市を舞台とする『浮世の画家』でも様々な場所が言及されるが、これらの場所たちは地理的に隣接したものではなく、浮島のようにバラバラに物語内に配置されており、それぞれが路面電車によって連結されて、そこにまつわる記憶を喚起する。つまり路面電車が物語の断片の間をつなぐ橋のようなものとして機能しており、語り手たちは空間的に移動しながら、精神内では過去の様々な時点に遡っている。

特に小野が荒川と呼ばれる地区を訪れる場面にその叙述スタイルがよく表れている。小野は電車の席から外を眺めているうちに、次女の縁談について長女と言葉を交わした時のことを思いだす。そしてそれを「昨日」のこととして語る現在の小野は、この記憶に刺激されて、さらに前に紀子の昔の見合相手と偶然出会ったことなども連鎖的に想起する。これらの時間順でない、「意識の流れ」とも「無意志的記憶」とも呼べそうな連想は、さながら過去へ向かう内面での旅行《インナートリップ》である。またこの荒川地区には古くからの友人である松田知州が住んでおり、二人の間で交わされる昔話からは、彼らが経験してきた時代の流れに伴う価値観の変化が自然に明らかになってゆく。車窓を流れてゆく風景を眺めるうちに過去の場面が不意に思い浮かんでくるという展開は小説や映画などでよく見かけるが、このような時系列に則らない出来事の叙述は、イシグロ作品のテーマとマッチする手法だと言える。

『浮世の画家』の語りの技法については、彼がプルースト『失われた時を求めて』第一巻からの影響として述べるように、「語り手の思考の流れや記憶の漂流に従って」（『特急二十世紀』、四七）話を展開させることを狙ったという［I②『画家』］。「あの瞬間とこの瞬間は一見無関係と思えるのに、なぜ語り手の心の中では隣り合うように存在しているのだろうか」（四五）を語り手自身も明確に意識できていない出来事の断片同士をつなぎ合わせて叙述にまとめる装置の一つとして、乗物による場所の移動にも注目してよいだろう。

　時間の移動と場所の移動を重ね合わせるこのような手法は、以降の作品ではより洗練された形で用いられている。『日の名残り』では、ファラディ氏から与えられた束の間の休暇を使ってイングランド南西部を車で回るスティーブンスが目にするもの――たとえば丘の上から見た風景の回想が「偉大な執事」をめぐるエピソードを想起させる［I③『日の名残り』］ように、さらなる過去への遡行のきっかけ《トリガー》ともなっている。そして、そのような「不意に」想起される過去は、語り手にとって都合の悪いものが多いのも特徴的である。

　また乗り物が人物たちを混乱した場所へと誘い、不安をかき立てる媒体として作用することもある。『充たされざる者』でライダーはボリスの大事な「九番」のサッカー人形を取りに行くため、バスで移動しようとする。だが、バスは待っていてもなかなかやって来ない（九四）かと思えば、気がつくと目の前にいたりする（三六二）など予測のつかない不確定なものとなっている（それはロンドン市内の複雑怪奇なバス路線網を思い起こさせる）。そして二人が到着する人造湖のアパートでは、思いもよらない出来事によって彼らの間での不和が示唆されることとなる。

　こうしたモチーフは『わたしたちが孤児だったころ』にも現れている。両親の手がかりが見つかりそうな家に向かおうと、バンクスは若者の運転する車に乗せてもらうが、その場所を知っていると言った若者も実は自分がどこを進んでいるかも分かっていない様子で一向にたどり着く気配はなく、結局バンクスはさらに混乱した地域へと置き去りにされてしまうのだ。

どこにも行かないまま移動する

『充たされざる者』には、市内をグルグルと循環する路面電車も登場している。批評家たちも指摘するように、円環を外れることなくどこにもたどり着かないというその特徴は、人物たちが過去の言動にまつわるサイクルから抜け出そうとしながらも失敗し続けてしまう、作品自体のモチーフの比喩《メタファー》ともなっている。また同じく『充たされざる者』でライダーが偶然見かける子供時代に乗っていたという車も、その中に逃れてよく遊んでいた頃の記憶を呼び覚ます媒体として登場している。それは彼が抱きかかえて「屋根にほおずり」（四六二）するほどの愛着があふれる、かつての「聖域」（四六六）であり、物理的にはどこへも行くことはできないが、比喩的な意味でライダーを過去へと時間的に移動させてくれる器（vehicle）として機能している。

時間と空間を自在に行き来するイシグロ作品では、乗物は人物たちを過去へと誘《いざな》う効果的な装置《デバイス》となっている。あちらからこちらへと「移動する」あるいは「移す」ことが「比喩」（metaphor）という語の語源であること（『オックスフォード英和辞典』）を思い浮かべてみれば、「乗物」という観点からイシグロ作品を見なおしてみることは、思わぬところまで我々を連れて行ってくれるのかもしれない。

⑤

家《ホーム》
——建物と場所と記憶

『日の名残り』冒頭で描かれる、以前とはずいぶん変わった現在のダーリントン・ホールの様子は、そこに暮らすスティーブンスたちをとりまく状況も昔とは違っていることを示している。屋敷の一部が閉鎖され（一四）、昔のように華やかな行事も行われなくなった閑散とした内部は、かつての充足していた時代から遠く隔たってしまった、今のスティーブンスの内面の状態《ステータス》の表れでもある。また、暗くて冷たく、ケントンが「殺風景」（七二）とまで呼んだスティーブンスの自室は、職業意識《プロフェッショナリズム》を貫徹する彼の姿勢をよく表している。そしてそこに花を持ち込んで明るくしようとするケントンの行動も象徴的である。

イシグロ作品では言葉づかいやしぐさなどを通じて、直接的には語られない人物たちの心情が間接的に示されてゆく構造になっているが、彼らが暮らす住居などの建築的空間もそのような媒体の一つである。それは『浮世の画家』の冒頭で語られる小野の家をめぐる記述にも表れている。その家がどれほど立派かということの他にも、それが金銭的な対価ではなく「人徳のせり」(an auction of prestige)(9 二二)によって獲得されたものであるとも強調され、彼の地位《ステータス》とその家が密接に結びついていることを示唆する。[1] そして、その一部が戦争によって損傷を受けているという事実は、後に明らかにされてゆく小野自身が戦時中に受けた傷《ダメージ》の予兆ともなっている。また家の中の日当たりのよいところとそうでない場所との違いが述べられる(五一―五二)ように、折に触れて屋内の様子が描写されることに加え、小野にとっては客間が特別な意味を持つ(七一―七三)ことなど、家の間取りが彼の内面とも有機的に結びついていることが見て取れる。そして、そこには自分にとって都合の悪い一隅が存在することも、「おじいちゃんの描いた絵を見せてほしい」という孫の一郎からの懇願を「よそにしまってある」と断るやりとりを通じて示されている。

光と影

建物内の陰影のコントラストは、『遠い山なみの光』でも印象的に描かれている。特に佐知子と万里子が暮らす家(一九)では明るいところの向こう側に湿気た暗がりが広がっていることが示されている。悦子が最初に感じた、片づけられているけれども「何となく寒々としている」(二〇)と

(1) マイケル・サレイ「イシグロの名声」(奥畑豊訳、田尻芳樹・秦邦生編『カズオ・イシグロと日本――幽霊から戦争責任まで』水声社、二〇二〇年、一九四―二二〇頁)も参照。

いう印象は物語全体を通じて反復され、万里子は屋内でも暗い一隅にいる様子がしばしば描かれる（五六、一〇九）。そして現在の悦子が暮らすイギリスの家にも入りがたい不可侵の一画がある。かつて景子が寝起きしていたその部屋は、やはり寒々としているのだが、悦子はそこから二度ほど音を聞きとる（一二六、二四七）など、彼女自身が内に抱える心情と深く結びついていることも効果的に示されている。

こうした傾向は一九八〇年に発表された短篇「ある家族の夕餉」でもすでに表れており、語り手の実家に住み続けている父親は「一人で住むには広すぎる」と語り（八六）、その障子で仕切られた屋内の描写では暗がりも強調されている。(2) 続けて、その薄暗がりの中で語り手と父親、そして妹が黙々と鍋料理を食べる姿が描かれる（八七）が、その様子は家族の団欒とはほど遠い、ある種の不安をかき立てるものとなっている。また、こうした明暗の対比は室内だけでなく、幽霊が出るという井戸のある庭も含めた敷地全体に広げられており、このような建築構造を通じて、我々の内面にも意識の光がおよぶところと、その外側に広がる（あまり触れたくない）無意識的な暗闇の領域が存在することが示されている。

『充たされざる者』の「町」全体がライダーの内面と結びついているのは第Ⅰ部でも見た通りであるが、過去の回想および未来への期待と不安とが入り交じって反復される混沌《カオス》は彼の語りだけでなく、不自然に伸張する町の空間的構造にも表れている。このように、過去を探る我々の精神が建築物のような構造としてもイシグロにとらえられている点は、彼の作品を読み解いてゆく大切な鍵の一つである。実際、彼は『充たされざる者』についてのインタビューでは、過去を回想することは、過去という「暗闇に光を差し入れて見ようとする」ようなもので、「それは真っ暗な部屋を松明《たいまつ》の明かりを持って捜索するようなものだ」(Interview by Krider 132) とジェスチャーを交えながら述べている。(3)

場所に埋められた記憶

場所と記憶が強く結びついており、あたかも特定の場所に保存されていた記憶が吹き出してくるかのように感じられることは我々もしばしば経験する。『わたしたちが孤児だったころ』(三一一―三三二)のバンクスも同様で、上海の町を歩いていたバンクスは、幼少期に家族で住んでいた家に偶然たどり着く。現在は中国人一家の所有となっている家の屋内に残された面影はバンクスの記憶を次々と喚起するが、彼が主に抱くのはそこがすっかり改装されて、記憶の中の様子とは隔たってしまった痛みだった。(4) そのつらさは当然、家を元通りに復元したいという欲求(5)につながるが、それ

(2) イシグロ作品におけるこうした特徴について、スーターは『二世界文学――カズオ・イシグロの初期小説』(*Two-World Literature: Kazuo Ishiguro's Early Novels*, U of Hawaii P, 2020) で詳細に論じている。彼女は荘中孝之『カズオ・イシグロ――〈日本〉と〈イギリス〉の間から』(春風社、二〇一〇年) での、イギリスを舞台とする『日の名残り』に谷崎潤一郎の影響を見て取る議論を受けて、日本を舞台とする作品における明暗を強調する描写を谷崎の『陰翳礼讃』の描写とも関連づけながら興味深くまとめている。

(3) [I④『充たされざる者』] での議論も参照。

(4) ノスタルジア (nostalgia) という語は、ギリシャ語の "nostos" (家および故郷) と "algia" (algos 痛み) を組

はバンクスにとっては必ずしも当時と同じにすることではない。彼は母親を救出できた時には彼女のために部屋を準備したいと言う一方で、「ただそのためにだけ、時計を巻き戻す必要はない」（三二六）とも述べる。こうした姿勢は、失われたもののかけらを集めて再構成するという本作の主題にもつながっている。

場所には、懐かしい記憶だけでなく、意識的には思いだせなかったり、あまり思いだしたくない記憶もしまわれていることがイシグロ作品ではしばしば暗示される。こうしたはたらきは個人だけでなく、共同体や国にとっての集合的記憶にも共通するものとしてとらえられていることは、『忘れられた巨人』でアクセルたちが訪れる修道院の地下に作られた通路にも表れている。蠟燭の明かりを頼りに暗がりの中を進む一行は、大量の骨が積み重なった埋葬地と思われる場所へとたどり着く。その異様な光景にアクセルは心乱されるが、ガウェインは国土全体が実は同じようなもので、美しい緑の光景のすぐ下には「昔の殺戮の名残」（二五九）があるのだと述べる。このような歴史観は、第I部でも確認したように、巨人が「埋められている」（buried）という表現にも見て取ることができるだろう。そして、その暗闇の中で彼（女）らは自分自身あるいは国および共同体の過去と否応なく対面させられ、不安をかき立てられる。中でもガウェインはアーサー王の命で敵の殲滅に関わった記憶を喚起されて、それらは「ガウェインの追憶」（Sir Gawain's Reverie）と題された断章の中でより詳細に描かれる［I⑦『巨人』］。

人物たちを取り囲む空間と、その内面とのつながりを作品内で巧みに用いるイシグロの特性を概観してきたが、こうした点から見てみると、『わたしを離さないで』で幼少期のキャシーたちを取り囲んでいたヘールシャムの柵は、比喩的な意味ではそこを出た後の彼（女）らをとらえ続けていたとも言えるだろう。

このようなイメージが醸成される土台となったであろうイシグロ自身の家や故郷《ホーム》との関係も興味深い題材である。イシグロ自身がインタビューでもしばしばエピソードを披瀝する(6)彼のルーツについては、イシグロの生家があった近辺や彼の通っていた幼稚園にも取材した荘中孝之『カズオ・イシグロ――〈日本〉と〈イギリス〉の間から』や、イシグロと同じ長崎出身で彼の両親とも親交のあった平井杏子による『カズオ・イシグロの長崎』に詳しい。

み合わせて、一七世紀のスイスの医者ヨハネス・ホウファーが考案したものである。すなわち家＝故郷《ホーム》から離れたことによる痛みが語源であるが、ここでバンクスが感じるのは、現実の故郷がすっかり変貌していたことによる喪失感と、自分の記憶の中だけに残されたかつてのイメージへの固執による痛みである。第Ⅰ部⑥での自省的ノスタルジアと復旧的ノスタルジアの議論も参照。

(5)　イシグロ作品における「家」というモチーフの重要性を論じる論考には、荘中孝之「カズオ・イシグロの作品にみられる不気味で大きな家」（『Sell』第三一号、京都外国語大学、二〇一五年、七九―九二頁）がある。

(6)　たとえば「カズオ・イシグロに阿川佐和子が聞いた「初恋」と「私の中の日本人」」（『文春オンライン』、初出は「阿川佐和子のこの人に会いたい」、『週刊文春』二〇〇一年一一月八日号）。

⑥　水
——川や海

『遠い山なみの光』で川の向こうからやって来る女の姿が象徴的に用いられていることは第Ⅰ部①と第Ⅱ部①「幽霊」で見たが、この小説ではその「川」が物語展開の重要な舞台にもなっている。悦子は万里子と、虚実の入り交じるような対話を二度にわたって川辺で交わす。また川に入った佐知子は、万里子が子供のようにかわいがっていた猫を箱ごと水に沈める。これらの場面は先にも確認したように、本作の主題《テーマ》である「子供の死」と深く関わっている。すなわち、この作品では「川」が「死」と強く結びつけられており、「川の向こうには誰も住んでいない」(二二)と強調され、そしてこの川辺にポツンと建つ佐知子の家は、あたかも「こちら」と「あちら」の世界を隔てる境界となっているようだ。境界領域としての川というモチーフは日本の「三途の川」を想起させるが、ギリシャ神話においても冥界を流れていて死者が渡ってゆく「ステュクス」(Styx)が知られている。ブライアン・シャファーは、ステュクスにまつわる物語を紹介しながら、『遠い山なみの光』では川と死のイメージが結びつけられていて、橋を渡って川向こうへ行く動作が強調されていることに目を向けている[1]（Shaffer 27-30）。

『浮世の画家』でもこのような境界性を反映するかのように、川にかかる橋が「ためらい橋」（the Bridge of Hesitation）（99 一五七）と名づけられていることに注目してもよいだろう。橋の向こう側の歓楽街という「浮世」に行くかどうか、人々が迷ってうろうろする様子を表すこの橋の名称は、本作の大きなテーマである二つの価値観の境界性とも関連しており、戦後の大きな変化に取り残された人物たちというイシグロの初期作品で繰り返される主題《テーマ》の象徴となっている。

そして、ギリシャ神話では冥界を流れるステュクスの支流の一つとして、忘却の川レテ（Lethe）が置かれていることを考慮に入れると、たとえば『忘れられた巨人』でも、クエリグの吐き出す霧と並んで、川が人物たちを飲み込む死や忘却といった抗えない運命の隠喩《メタファー》となっていることがより興味深く思えてくる。アクセルは体調を崩したベアトリスを伴って、年老いた女の操る舟に乗るが、そこで女は正体を現し小妖精《ピクシー》を放ってベアトリスを奪い去ろうとする。老婆はベアトリスを治すことはもはや叶わないのだから、彼女を自分たちに渡して川の水で洗えば、痛みは取り去られて、「年月が洗い落とされ、女は快い夢のなかに移り住む」（三五二）のだと呼びかける。だがそれでも

（1）　武富利亜「カズオ・イシグロの小説に描かれる「川」についての考察――『遠い山なみの光』を中心に」（『比較文化研究』第一三九号、日本比較文化学会、二〇二〇年、一二三―一三二頁）も参照。

アクセルはベアトリスとともにいることを選ぶ。そして二人は最終的に、川向こうにある島への渡し船とその船頭のところへたどり着く。その島は本当に愛し合っている夫婦が渡った後も一緒に過ごすことができるだけでなく、そこには彼らの（すでに亡くなっている）「息子」がいることも暗示される。

イシグロ作品で登場する「水」というモチーフについては髙村峰生がユニークな考察を展開している。[2]髙村は『遠い山なみの光』と『わたしを離さないで』に登場する川や水のイメージがそれぞれの作品の主題と深く結びついていることを、『遠い山なみの光』の地域の一つが「中川」であることや、人物名に「ウォーターズ」や「ブリッジウォーター」が登場するなど、それまで見落とされてきた点もすくい上げながら丁寧に論証している。髙村も指摘するように、イシグロの「水＝死」というイメージは、実際の水場だけでなく、比喩としても『わたしを離さないで』に響き渡っている。キャシーは「きっと、強い潮の流れが始まっていたのでしょう。それがわたしたちを押し流そうとしていました」（三〇三）と、クローンとしての自分たちを取り囲む運命を激しい川の流れにたとえる。またトミーもその流れには逆らえないことを「おれはな、よく川の中の二人を考える。どこかにある川で、すごく流れが速いんだ。で、その水の中に二人がいる。互いに相手にしがみついてる。必死にしがみついてるんだけど、結局、流れが強すぎて、かなわん。最後は手を離して、別々に流される」（四三一）と表現する。

一方、水が必ずしも冷たくネガティブなイメージを帯びないこともある。『わたしを離さないで』でキャシーたちは林の中の沼地に打ち上げられた廃船を見に行くが、その時には彼らの間でへールシャムが水に浸《ひた》されているイメージが共有される。船を見ながらトミーは「ヘールシャムも、いまこんなふうなのかな」（三四二）とつぶやくと、ルースも以前にその風景に似た夢を見たことがあると述べる。夢の中ではヘールシャムの外が一面水浸しになっていて、ルースはその様子は「静かで平和だった」（三四二―三四三）と語る。イシグロ作品において「水」というモチーフは、人物たちの「いま」を過去へと押し流してゆく運動を象徴しており、それはしばしば死や後悔と結びつけられるだけでなく、時には過去の記憶を静かに包み込んで保持するようにも働いている。

行き止まりとしての海

一つの題材が多義的な、時には相反する役割を果たすイシグロ作品において、水をめぐるモチーフをこのように追ってくると、『日の名残り』の最後での「海」という場面も気になってくる。イングランド南部の自動車旅行を続けてきたスティーブンスはウェイマスの埠頭のベンチに座って、自分に残された日々をファラディ氏の執事として新たに生きてゆくことを決心するが、この海辺の広い眺めは、それまでの人生を振り返ってきた彼に、広い見晴らし［Ⅱ⑫視野］を示すと同時に、そこから先に行くことは困難な行き止まりを示しているようにも見える。ダーリントン卿との過去を振り返りながら、その軛《くびき》を緩められてきたようにも映るものの、やはりダーリントン・ホールに

（2）　髙村峰生「水につなぎ留められた反響――カズオ・イシグロ『わたしを離さないで』における記憶の揺曳」、『ユリイカ』二〇一七年一二月号（特集：カズオ・イシグロの世界）、一八六―一九六頁。

仕える執事という大きな状況からは逃れられていない。だが彼はそれでも将来への希望を捨てることなく、ジョークの練習に象徴される小さな改善を重ねる決意を胸に、もとの場所であるダーリントン・ホールへと戻ってゆく。

そのような大きな運命との対峙の仕方は、『わたしを離さないで』にも見られる。キャシーが最終的に行き着くところが広大な畑で、その豊かな耕地から彼女を隔てる、ビニールシートなどありとあらゆるごみが引っかかった有刺鉄線でできた柵が「海岸線」(the shore-line)(282 四三九)のようだと表現されている点も興味深く思えてくる。彼女は失われたばかりのトミーが向こう側から手を振っている姿を束の間夢想するが、そこに背を向けるようにして、自らを待つ「提供者」としての運命へと戻ってゆくのである。

⑦

記念碑
——記憶と忘却

記憶と忘却との相互関係はイシグロ作品の中心的モチーフの一つであるが、本項では想起のための装置としての「記念碑」(monument) というモチーフを複数の作品から検証してみよう。『忘れられた巨人』では石を積み上げて作られた巨人のケルン (石塔) が登場するが、興味深いことにこのケルンは忘却の霧を吐き出す雌竜クエリグの巣のそばに建てられている。このような忘却ととなりあわせの記念碑というモチーフは、この小説の中での記憶と忘却の関連性を象徴している。

悪事の被害者のために立派な碑が建てられることがある。生きている人々は、その碑によって、なされた悪事を記憶にとどめつづける。簡単な木の十字架や石に色を塗っただけの碑もあるし、歴史の裏に隠れたままの碑もあるだろう。いずれも太古より連綿と建てられてきた碑の行列の一部だ。巨人のケルンもその一つかもしれない。たとえば、大昔、戦で大勢の無垢の若者が殺され、その悲劇を忘れないようにと建てられたのかもしれない。（四〇二）

クエリグの巣のそばのケルンは、記念碑が直接的な個人的経験や共同体の集合的記憶を思いだされるはたらきを持っていることを示すと同時に、想起と忘却とは隣接するものであることも示している。そして実際のところ『忘れられた巨人』の登場人物たちは、それが共同体にとってのいかなる集合的記憶をとどめるものかを思いだすことができない（一方でアクセルとベアトリスはそのケルンのそばで、二人の間での個人的な記憶をふいに想起する）。

そしてこの作品では、過去の想起を直接的な目的としないものでも、過去を想起させる装置として機能することがあると示される。その一つの例がすでに取り上げた修道院の塔［I⑦『巨人』］で、そこでウィスタンとエドウィンは自分たちが実際には体験していない、ブリトン人によるサクソン人虐殺の記憶を想像的に思いだす[1]。

記念碑が呼び起こす多様な記憶の叙述

批評家バーナデット・メイラーは論考「審美的歴史記述――カズオ・イシグロ『忘れられた巨人』におけるアレゴリー、記念碑そして忘却」[2]で、記念碑に象徴される記憶の集合的な想起と共有は本来的に非常に不安定なものであることを強調する。彼女は『忘れられた巨人』でアクセルたちが逗留する修道院が、かつては戦のための要塞として使われていたはずだとウィスタンが指摘する場面を取り上げて、現在はキリスト教の神の恩寵を象徴する神聖なものがサクソン人のウィスタンにとっては民族虐殺の集合的記憶を想起させていると論じる（ウィスタンは「この壁が過去の出来事を語りかけてくる」（二一四）と表現している）。つまり輝かしい記憶を保持し、それを広め伝えてゆくための記念碑が、別の角度から見ればまた異なった（時には記念碑が意図するのとは対照的な）印象や叙述《ナラティブ》を喚起するようにも機能する。メイラーは歴史家ラインハルト・コゼレックにも言及して、記念碑が指し示そうとする叙述《ナラティブ》は理想化された過去像へとつなげられやすく、それ以外の叙述は忘却の淵に沈められてしまうが、またその一方で、そうした理想に向けられた叙述も本来的には揺らぎやすいものであることを指摘する。つまり記念碑はある記憶イメージの保持と想起のために建てられるが、そこには当然、こうしたあいまいさも避けがたくセットされており、しばしば多様な解釈を生むもととなっている（Meyler 251）。より正確には記念碑そのものよりも、それをとりまく多様な言説あるいは叙述こそが重要だと言えるだろう。忘却の霧に覆われた世界で記憶を取

（1）　実際には経験していない先祖や家族での記憶を世代を越えて継承する可能性は、記憶研究においては「ポストメモリー」（マリアンヌ・ハーシュ）という概念としても注目されている。拙著『記憶と人文学――忘却から身体・場所・もの語り、そして再構築へ』（小鳥遊書房、二〇二一年）ではこの観点から、ホロコーストの犠牲者が娘に残したレシピ集を取り上げている。

（2）　Bernadette Meyler, "Aesthetic Historiography: Allegory, Monument, and Oblivion in Kazuo Ishiguro's *The Buried Giant*." *Critical Analysis of Law*, vol. 5, no. 2, 2018, pp. 243-58.

り戻してゆく『忘れられた巨人』の物語は、記憶が本来的に再構築であり、必ずしも過去と一致するものではないことを強調しているが、それはイシグロが描き続けてきた特徴でもある。

イシグロがこのような集合的な記憶の保持と後代への継承という問題に関心を抱くようになったきっかけは、ノーベル文学賞受賞スピーチでも述べるように、第二次世界大戦中の強制収容所の遺構を見学したことであった。イシグロはその時の様子をスピーチの中でこのように述べている。

手入れもなく放置されている様が不思議でした。いまでは湿り気を帯びたコンクリート片の山となり、ポーランドの厳しい気候にさらされて、年々朽ちていっています。招待者の方々は、ジレンマを抱えていると話してくれました。風防ガラスのドームで覆い、後世の目にも触れるよう残すべきなのか、それとも自然に、徐々に、朽ち果てていくのに任せるべきなのか。私には、その悩みがもっと大きなジレンマの暗喩のように聞こえました。こうした記憶はどう保存すべきなのか。ガラスのドームで覆うことで、悪と苦痛の遺物が博物館の穏やかな展示物に変わってしまうのか。私たちは何を記憶するかをどう選択したらいいのか。忘れて先へ進んだほうがいいと、いつ言えるのか……。（『特急二十世紀』、六二）

その簡潔な言葉づかいは、記憶というテーマに取り組み続けてきた彼の問題意識が凝縮されているだけでなく、集合的記憶や記憶の継承、記憶の倫理を考察する上でも示唆に富むものである。(3) イシグロがこれらの遺構を実際に見学したのは一九九九年のことだが、彼はそれ以前の作品にも、人々の間での記憶の共有を支えるデバイスとしての記念碑を折に触れて登場させている。そしてその用い方は、特定の記憶を後代まで伝えるという記念碑が目指す目標がどれほど困難かを示しているようにも思われる。

記念碑の抱える困難

デビュー長篇『遠い山なみの光』では悦子が義父の緒方さんと長崎の平和公園（the Peace Park）を訪れる場面が描かれる。そこにある原爆記念碑（the monumental statue）は「原爆で死んだ人びとを祈念する白い巨像」（一九五）と形容されるように、本来は長崎への原爆投下を想起させるきっかけ《トリガー》として機能するはずであるが、悦子に喚起する印象はその通りのものではない。悦子はその記念碑があまり気に入らず（その理由は明確には示されないが）、「ぶざま」だと感じられてしまう。右手を上に、左手を水平に伸ばす姿は悦子にとっては「ただの像」であり、それが意図する役割を果たしていないどころか、距離を取って遠くから眺めると[4]「まるで交通整理をしている警官の姿」（一九五）のようにこっけいにさえ見えてしまう。

（3）　拙著『記憶と人文学』でも、この引用を取り上げて世代間での記憶の継承の問題へと関連づけている。

（4）　イシグロ作品において空間的な距離と時間的な隔たりがしばしば重ねられている［II④乗物］点を念頭に置くと、空間的な距離を取ることで記念碑をめぐる印象が変容することは、時間の経過によって過去の出来事の印象が変化することとも関連づけられるかもしれない。

また『充たされざる者』では、ライダーが取材として連れて行かれた建物の前で撮られた写真が新聞に掲載され、それが人々の怒りをかき立てるエピソードが語られる。この建物サトラー館(the Sattler monument)はかつて町の運営に関わっていた人物を記念して建てられたものだというが、このマックス・サトラーという人物に対する評価は好意的なものと否定的なものとに二分されて伝わっており、真実はもはや分からなくなっている。一〇〇年あまりの時を経て、町の中で彼をめぐる記憶の叙述は多様化して、「神話の域」にまで達しており、サトラーは人々の想像力の中で「ときには恐れられ、ときには嫌悪される。そしてときには、彼の思い出が尊敬されている」のだという(六六一)。

本項の冒頭で挙げた『忘れられた巨人』の一節が示すように、記念碑を取り巻く叙述《ナラティブ》は決して一定ではなく、それが何のために建てられたのかという理由や起源が忘却の中で消え去るだけでなく、それが保持しようとしていた記憶の叙述《ナラティブ》が曲解されたり変容したり、時には相反するものを喚起してしまう危険性を常に秘めていることは念頭に置き続けなくてはならないだろう。

記念碑というモチーフに象徴される記憶を継承するという行為は、個人的なものだけでなく、実際には経験していないものも含めた集合的な営みとしてイシグロ作品に描かれる。だがそこで継承される記憶の叙述は、必ずしも当初に意図された通りに受け継がれるわけではない。記念碑に触れて記憶を喚起される人々は、それが保持しようとする記憶イメージをただ受動的に受け取るのではなく、それを自分なりに補正したり、時には反発したりして、その叙述形成にも積極的に関与している。そして『忘れられた巨人』が示すように、どの記憶を継承する、あるいは忘れ去るかを選別する行為は必然的に「権力」の問題へと結びついており、我々はしばしば気づかぬうちにそこに巻き込まれて（implicated）いる。これらの描写は、過去を記念するという行為が集合的（collective）で共同的（collaborative）なだけでなく、時には共謀的[5]（complicit）でもありうることを控えめに、だがはっきりと示している。

（5）　ロバート・イーグルストン「公共の秘密」（金内亮訳、田尻芳樹・三村尚央編『カズオ・イシグロ『わたしを離さないで』を読む――ケアからホロコーストまで』水声社、二〇一八年、一一六―一四四頁）や、アイヴァン・ステイシーの『共謀するテクスト』（Ivan Stacy, *The Complicit Text*, Lexinton Books, 2021）も参照。

⑧ アート

——技術と芸術との結びつき

『遠い山なみの光』で悦子が弁当に入れるための卵焼きを作っていると、義父の緒方さんが「芸術だ」("It's an art")(33 四二)と感嘆して声をかけてくる。「わたしは何年も前から料理の値打ちがわかるようになってね。芸術だな。ぜったいに絵や詩にも劣らない立派な芸術だ」(四二)という緒方さんの言葉は、かえって彼が自分ではあまり料理をしない男性である可能性を伝えるものではあるが、それはともかく、その中で「アート」(art)という語に、絵画や詩などのいわゆる「芸術」と、料理という日常的な「技術」とが結びつけられているのは興味深い。緒方さんのこのような見解に対して悦子は、「作りかたがわかったら、芸術だなんておっしゃらなくなりますわ。こういうことは女の秘密にしておいたほうがいいんじゃないかしら」(四三)と謙遜を込めて応える。「秘密」(secret)にしておくことでそれが芸術とみなされるようになる、という彼女の言葉も、イシグロの以後の作品でも展開される、「芸術」や「技術」を含む「アート」の役割と、それを成り立たせる「秘密」との関連を考察するヒントになるように思われる。本項では、第一長篇に現れるこのやりとりを入口に、イシグロ作品での「芸術」や「技術」の役割を見てみよう。

内面の秘密を露わにする媒体《メディア》

秘密にされることで価値ある芸術と見なされるという考え方は、かつてフランスの文化批評家ロラン・バルトが日本文化について「包み」や「和食」、「文楽」などに託しながら『表徴の帝国』で述べたことを思い起こさせる。だがそのような思考は、日本に暮らす我々にとってさえ、大部分が「昔はそんなこともあったな」という「神話」になりかけている。こうした「神話的日本」という観点にとどまらず、イシグロ作品では、内奥に秘められている直接は表現しえないものと、それらを間接的に明らかにすることとの対比がしばしば重要な役割を果たす。より正確に記すなら、重要なことが隠されているというだけでなく、何かが隠されているという「身振り《ジェスチャー》」によって、そこに隠されているものが暗示される。何か隠されている、というサインが示されるからこそ、「本当はどうなっているのか」というその内奥への関心が高まり、それが間接的に少しずつ、あるいは突然に明らかにされるように精妙に語りが構築されている。もちろん、このようなミステリー仕立ての

(1)　舞台となった時代を考慮すれば仕方のないことなのだろう。だが、同時期の日本を舞台とする短篇「ある家族の夕餉」では、父親が鍋料理を子供たちにふるまっている。

叙述構成はイシグロ作品に限ったものではないが、少なくともイシグロが語りの構造にまで工夫を凝らしていることは確かだろう。つまり、語り手たちは自分たちの秘密を「隠しつつ見せている」のであり、人物たちが制作する美術作品は、作り手の思想や思考などの内面を表す媒体として用いられている。

『浮世の画家』の小野にとっての芸術活動は、彼自身の芸術家としての成長のために追究されたこともあったが、最終的にはそれらの絵画が社会と人々に影響を与えることを目指していた。つまり小野の絵画作品は彼自身の人間性と結びついており、その作風の変化は、彼の主義主張の変化をも含意している。したがって、彼は孫の一郎から昔の作品を見せてほしいと請われても、それらはただの絵ではなく、今の自分が直接向き合うことのできないかつての（今から見れば過《あやま》てる）自分をさらけ出すことであるから、子供相手であってもそれらを決して見せることはできない。だからこそ、現在は引退している小野がもし新たに絵筆を手に取ることがあるとすれば、一体どのような絵を描くだろうか、とも想像せずにはいられないだろう。

『わたしを離さないで』のヘールシャムでは生徒たちへの教育の一環として美術制作が課されていた。これにも、教師である保護官が述べる「絵も、詩も、そういうものはすべて作った人の内部をさらけ出す」、つまり「作った人の魂を見せる」（二七〇）という言葉に顕著なように、作品と内面との結びつきが含意されている。また、当時の生徒たちの人間関係においても、その巧拙が生徒間での序列に影響していた。結果として、芸術活動を通じたクローンたちの内面（魂）の管理をめぐる言説が形成され、彼らの想像の中で「マダムの展示館」と「提供の猶予」への期待につながる過程が描かれている。

『浮世の画家』や『わたしを離さないで』の芸術的な創作は、作り手の内面と結びついているだけでなく、彼らの共同体内での序列を決めるための手段としても位置づけられている。それは『充たされざる者』のライダーが初めて訪れる町の人々からもピアニストとして一目置かれるのと同様である。この作品世界での音楽は人々にとって、日常から離れた純粋な芸術的快楽というよりも、自分たちの社会的地位を向上させたり、人間関係を改善したりするための実利的な手段と見なされている。演奏会での成功が町の復活をもたらすだけでなく、個人的な人間関係における停滞も解消してくれるものと期待するのは、ホフマンやシュテファンやブロツキーだけでなく、ライダー自身も同様である。(2)

序列の基準としてのアートと、そこから離れた芸術家

イシグロの作品世界では、芸術的活動が人物たちの日常から切り離された「浮世」的なものではなく、むしろその共同体内での序列としばしば強く結びつけられており、そのような実利的な関係

(2)　日吉信貴は『カズオ・イシグロ入門』(立東舎、二〇一七年)の第五章で「音楽」と「芸術家」という観点から『充たされざる者』と『夜想曲集』のいくつかの短篇を論じている。またヴォイチェフ・ドゥロンクも『カズオ・イシグロ　失われたものへの再訪——記憶・トラウマ・ノスタルジア』(三村尚央訳、水声社、二〇二〇年)の第二章で、「芸術家小説」(Künstlerroman)をキーワードに『浮世の画家』と『日の名残り』を読み解いている。

性は実は職業上の「技術」とも類似した意味を持っている。

たとえば『日の名残り』では銀器の磨き具合が屋敷の水準を表すものと見なされていたエピソードが語られ、そのため銀器磨きの技術が執事たちの格付けも左右していたことが示される。そしてスティーブンスはある「非公式の会談」において、自分の磨いた銀器が「小さいながら無視できない貢献」（一九三）を果たしたことを誇らしげに語る。この点から見れば、アメリカ人雇主に仕えることになったスティーブンスが、ジョーク（bantering）の技術の必要性を切実に感じるのも無理からぬことに思われてくるだろう。それはもちろん、言葉の意味と戯《たわむ》れる話芸の妙（ウィット）を味わうという芸術的な観点よりも、銀器磨き同様に自身の職業上の地位を維持するための実利的な技術の一つとして要請されている。

このように見てくると、こうした実利的な目的から離れた最も芸術家《アーティスト》らしい人物は、それを職業としていた画家の小野でも、ピアニストのライダーでもなく、実は『わたしを離さないで』で、提供の猶予についての噂がすべて幻想であったことが明らかになっても最期の時を前にして「空想上の動物」の細密画を描き続けていたトミーなのかもしれない。トミーはもともとは絵が苦手で、ヘールシャムにいた頃はそれが周囲の生徒からの揶揄《やゆ》の原因ともなっていたが、その後いくつかのきっかけによって架空の動物の絵を密かに描き始め、臓器提供者になった後もそれを続けていた。その当初の目的は来たるべき提供の猶予に備えることだったが、それはまったく無根拠のお伽話だと明らかになる。だが我々がその後に目にするのは、次の提供を待ちながらキャシーのそばで「新しい動物のアイデア」（四三三）を練るトミーの姿だった。理由や目的から解放されて、内発的にふと描いてみたくなってペンを手にする彼の様子は、創作活動そのものを楽しむ芸術家の姿だとも言えないだろうか。

⑨

人間の価値
――その交換と循環

前項目「アート」では、芸術的な創作活動が制作者の内面（思想など）の表象と見なされるだけでなく、彼（女）自身の評価と共同体内での位置づけにも影響するものとして描かれていることを確認した。そして広い意味での「アート」、すなわち技術や職能が人物たちの共同体内での地位《ステータス》を左右する可能性を秘めていることを取り上げた。本項ではその点から引き出される人間の「価値」とその「交換」（**exchange**）および「循環」（**circulation**）もイシグロの作品世界を動かす要素の一つとなっている可能性を見てゆきたい。

第Ⅰ部⑥でも挙げたリサ・フルーエの論考は、キャシーたちの美術制作やスティーブンスの執事としての技術［Ⅱ⑧アート］と並んで、『わたしたちが孤児だったころ』のバンクスの探偵としての能力など個人の技術にもとづく成果物が、彼（女）の属する共同体内での序列に影響していること

（少なくとも人々がそのような原理にとらわれていること）を指摘している。そしてフルーエは作中で繰り返し見られるこうした構図が、現代社会の特徴である、実用性から離れた芸術品や無形のサービスといった「非物質的労働」（immaterial labor）に価値を見いだす、新自由主義的な原理の反映として読解できる可能性を提示する。

名探偵として周囲の人々から敬意をこめて扱われるバンクスだけでなく、銀器磨きなど執事としての職業《プロフェッショナル》的技術を磨くことで自分の価値を高めようとするスティーブンス、そして美術制作の巧拙がクローン仲間の間での位置に影響を与えるキャシーたちの世界は、一般的な意味での「労働」とは距離を置いているものの、そうした活動による（有形あるいは無形の）成果は彼ら自身の「価値」と強く結びついている。(1)

そしてフルーエは、このような原理にもとづく活動は、同業者あるいは同類たちの間での連帯感

（1）　河野真太郎は『新しい声を聞くぼくたち』（講談社、二〇二二年）の第九章で、老境にさしかかったスティーブンスがファラディ氏に仕える執事としてジョークの技術を身につけようと決意する『日の名残り』の結末を、「終わりなき成長」を要請する現代的な「ポストフォーディズム」イデオロギーの表れとして読み解いている。河野はスティーブンスの父親の例を挙げながら、老いてなお働き続けることは「老害」となってしまう危険性をはらみながらも、スティーブンスの決意に表れるように、ポストフォーディズムは労働者に自身の能力と技術を刷新し続ける「学習」を強いることを強調する。また現代社会における男性性を論じる本書では、ジョークの技術をポストフォーディズムにおいて求められるコミュニケーション技術の一形態と位置づけている［Ⅱ③（ディス）コミュニケーション］、［Ⅱ⑧アート］も参照。

を強めるはたらきがある一方、それを加速させ続けることで競争意識が激化して対立を深めてしまうというジレンマを含んでいることを明らかにする。そのような相克の興味深い一例として、彼女は『日の名残り』でのユダヤ人召使いの解雇をめぐるスティーブンスとケントンのやりとりを挙げる。二人は直接的な競争関係にあったわけではないが、使用人の解雇をダーリントン卿から言い渡されたことについて口論する。たとえそのような意見の相違があっても、ダーリントン・ホールの同業者としての意識があれば関係は維持され続けるだろうとスティーブンスは期待しており、彼の「私どもの職業上の義務は」(二〇八)あるいは「私に劣らずあなたも」(二一五)といった言葉づかいにもそれを見て取ることができるが、ケントンは結局それに迎合することはない。

プロフェッショナリズムを突き詰めることは、人間を「機能」や「使用価値」へと縮減させることでもあり、結果的に同業者間での競争を激化させて社会的連帯を阻害してしまう[2]というフルーエの論は、個人の価値が職業的な専門知識や技術にもとづく優劣へと還元されてしまうことの危険性に着目する。それは芸術的な活動が個人の内面の表出とその優劣に結びつけられて、結果的に彼らの社会的関係にも影響を与える、『浮世の画家』や『充たされざる者』におけるような価値観にも当てはまるだろう。

「内面」の価値

『わたしを離さないで』に関して、第Ⅰ部⑥でフルーエとともに取り上げたリアニ・ロクナーも、人間未満(less than human)の存在として作り出されたクローンが自分たちの「価値」を切望する状況を分析して、彼らに求められる「内面」（interiority）が、「人間らしさ」とも呼べる「魂」と、物質的な「内臓」とに分裂していることを強調する（Lochner 229）。特に後者については、チャックを開けて内面の「臓器」が出されるというグロテスクな想像として表現されている。つまり、彼らが一人の人間としてではなく、腎臓や肝臓、心臓などの集積とみなされる、即物的な（資本主義や消費主義と比せられる）世界観と価値観にもとづく世界である。そこで彼らに求められているのは、魂や思考といった「人間らしい」精神的活動ではなく、健康的な臓器を詰め込んだ袋という非人間化された道具のような存在である。つまり、人間が「価値」にもとづいて商品のように「序列化」されてしまうことへの嫌悪感（Lochner 230）を我々に喚起する。やはり第I部⑥で参照したシャミーム・ブラックの論考も、ヘールシャム内での芸術作品の制作とその交換会が、彼らが後に直面する臓器摘出とその交換というより深刻な運命を暗示しながらも、それらを彼らから見えづらくする目くらましとして機能していると指摘する。

このような叙述構造は、キャシーたちクローンと、その臓器を搾取する（物語の表面にはほとんど表れない）「普通の人間」との格差を浮き彫りにして、我々読者はキャシーたちに共感し、その避けられない運命に心をゆさぶられる。我々の多くは、むしろクローンたちを利用する「普通の人々」であるはずなのに。だがイシグロはこのような構造を肯定的な可能性を含むものとして提示

（2）　この点も念頭に置きながら、イシグロ作品で頻繁に用いられる聞き手を想定した「あなた」（you）という呼びかけの効果を検証するのも興味深い試みである。［II⑭ケア］も参照。

していることは付け加えておかなくてはならない。一見矛盾や欺瞞にも映るこのような回路を前提として、自分とは異なる存在への想像力が生まれることを示している。

『わたしを離さないで』の物語は、キャシーたちが人間と同様の内面（魂）を備えていることをはっきりと示している。だがそれと同時に、この世界におけるクローンとしての彼（女）たちの「価値」は彼らが「人間でない」つまり「人間未満」とみなされることで保証されていることも、例外なき不動の原理として強調する。よってイシグロは、「人間ではない（inhuman）存在を通じて、人間的（human）なものを描くというアクロバットを演じている」（Black 803）のだが、それこそがこのポストヒューマン時代の新たな共感の美学を創出するために必要なことなのではないかと問いかけているようでもある。そして格差と断絶とその架橋の可能性をめぐるこのような問いかけと叙述構造は、AI搭載のロボットを主人公とする『クララとお日さま』にも引き継がれて、より先鋭化されているとも言えるだろう［I⑧『クララ』］。

生まれつきの複製として

『わたしを離さないで』で提示される「クローン」あるいは「コピー」、およびその「移動」というモチーフは、「翻訳」の概念とも結びついている。翻訳という行為が現代における文学産業の特質の一つとなっていることをレベッカ・ウォルコウィッツは『生まれつき翻訳』の一章を割いて論じている。彼女は『わたしを離さないで』の臓器摘出のためにクローンたちが複製《コピー》され、交換されてゆく様子に、著者イシグロが世界各国で翻訳されて流通してゆく「世界文学」の状況を重ね合わせる。翻訳されることを前提に創作活動を行うイシグロの作品が、差異を含みながらも同種のものとして数々の言語に複製・消費されながら、それぞれの地域で文学ネットワークに組み入れられてゆく現代社会の構図を浮かびあがらせている。

翻訳と複製《コピー》およびその交換を前提とするウォルコウィッツの視野の広い議論[3]は、作品や作家を単一の言語や文化に囲い込もうとする「ネイティブ読者」(二七)という概念を検討しなおすことを目指している。その姿勢はイシグロを読みながら彼のどこが「日本的」なのか「イギリス的」なのかとステレオタイプ[II⑩]的に問わずにはおれない我々にも向けられていることは自覚しなくてはならないだろう。

(3) 彼女の議論の原型は学術雑誌『ノベル』(*Novel*)での二〇〇七年のイシグロ特集に収められた論考("Unimaginable Largeness: Kazuo Ishiguro, Translation, and the New World Literature")に見ることができる。また彼女の示すモデルは、小説作品の映画化やドラマ化などの「アダプテーション」とも関連している。本書の結びで示す、アダプテーション関連の文献も参照。

⑩ ステレオタイプ
——日本、イギリス、二世界文学

二〇一七年、長崎出身であるイシグロのノーベル文学賞受賞は日本でも大きなニュースとなり、彼に対する日本人の親近感をさらに高めることとなった。そして二〇一八年に日本政府は旭日重光章を、長崎県と長崎市は名誉県民および名誉市民の称号を彼に授与した。またイシグロも人生の大半をイギリスで過ごしているにもかかわらず、出生地であり五歳まで暮らした長崎と日本への思いを折に触れて表明しており、[1] ノーベル文学賞受賞時の晩餐会では、長崎での幼少時のエピソードを「タタミ・マット」「ノーベルショウ」「ヘイワ」という日本語も交えてスピーチしている。[2]

このような日本との（幻想的な）つながりは、イシグロ作品に常につきまとう、「日本的なもの」を求める英語圏および日本の読者たちの期待を（時に過剰に）刺激し続けてきた。それは日本を舞台にし、日本人の登場する作品に限ったものではなく、イギリスを舞台にして登場人物もイギリス人である『日の名残り』に対してさえも、日本的な慎み深さや禅の思想を読み取る批評が書かれたことにも表れている。もちろん、そのような風潮は出生地である「日本」とのつながりを断つことなく、折に触れて取り上げ続けてきた彼にも一因があるのだが、その間合いは我々が思う以上に精妙なようである。

たとえば、二〇一四年に蜷川幸雄によって『わたしを離さないで』が舞台化された際には、パンフレットに寄せて、この小説がイギリスを舞台にしていながら、「私はいつも心の奥底で、この、命の儚さについて考えずにはいられない物語を、とても日本的だと感じていました」と述べており、日本を舞台にした演出が施されたことにも、「この作品は戻るべき場所に帰ってきたのだ！」という思いを抱いたとさえ記している。この発言は（多少のリップサービスは含まれているだろうが）自作のアダプテーションに対する寛大さを表すだけでなく、「日本的」あるいは「イギリス的」、すなわちある文化圏についての「ステレオタイプ」という理解の枠組《フレーム》をめぐる、彼の思索の変遷を探る手がかりにもなってくれる。

（1）ノーベル文学賞受賞を祝う長崎市長の手紙に対するイシグロからの返信が長崎県庁に展示され、被爆七五年を迎える二〇二〇年の長崎原爆犠牲者慰霊平和祈念式典にはメッセージを寄せている。

（2）板垣麻衣子「「ノーベルショウ」イシグロさんに刻まれた母の日本語」、『朝日新聞デジタル』二〇一七年一二月一一日付。

典型を転用する

日本を舞台にした初期の作品群で、西洋から見た日本についてのステレオタイプを利用していることはしばしば指摘されるだけでなく彼自身も公言している。そのような姿勢は『浮世の画家』で小野が最初に従事する武田工房で制作する作品群についての、「注文に応じて描いているもの――芸者、桜の花、池の鯉、寺院など――の最も肝心な点は、輸出先の外国人の目に「日本らしく」見えること」（二一三）という記述にも表れている。日本についてのステレオタイプ的イメージへの皮肉を込めた視線は、「日本人には本能的な自殺願望がある」（九）という『遠い山なみの光』の冒頭での記述や、西洋の読者に典型的なステレオタイプを利用したという短篇「ある家族の夕餉」に反映されているだけでなく、デビュー間もない頃のインタビューでは日本文化の伝達者のように見られることへのいらだちを表明していたことにも見て取れる。

しかし、西洋から見た日本のステレオタイプを嫌っていた『遠い山なみの光』の悦子が、いかにも「イギリスらしい」ステレオタイプ的光景に感動する様子が描かれているのは興味深い。彼女は現在住んでいるイングランドの野原を散歩しながら、初めてこの辺りに来た時には「なんて何もかもイギリスらしいんだろう」（二六〇）と、「昔から想像していたとおりのイギリス」の眺めに心を動かされたことを回想する。彼女の姿は、ある対象を一定の枠組にあてはめて理解するというステレオタイプ的な見方が、どれほど強力で、そこから逃れることがいかに困難かを示している。

『日の名残り』でスティーブンスが偉大な執事と関連づけて、偉大なイギリスの風景の特質として「落着き」と「慎ましさ」を挙げていることは第Ⅰ部でも確認したが、この作品中の「イギリス的」な描写が、ステレオタイプ的な特徴を利用した模倣《パスティーシュ》であることにはイシグロ自身が誰よりも意識的である。彼はインタビュー[3]でサマセット・モームやE・M・フォースターなど「イギリス的」とされる作家たちの系譜に位置づけられることをきっぱりと否定して、自身のイギリス描写には「皮肉を込めた隔たり」（an ironic distance）（Interview by Vorda and Herzinger 73）があることを強調する。つまり自分の描くイギリスは、かつて一度も実在したことのない「神話的なイギリス」（a mythical England）（74）で、『日の名残り』は、「本物のイギリスよりもイギリス的」（more English than English）な「超イギリス小説」（a super-English novel）だと述べている。

二つの世界の間で

イシグロと日本的な要素との関わりについては、論集『カズオ・イシグロと日本』が、それまでの議論を整理した上で、草稿での試行錯誤の過程も含めた新たな可能性を提示する、近年での重要な成果である。ここに収められたレベッカ・スーターの「「蜘蛛であること」――カズオ・イシグロの二世界文学」は、「日本」と「イギリス」という二つの文化的ステレオタイプに対してつ

（3） Kazuo Ishiguro, Interview by Allan Vorda and Kim Herzinger. *Conversations with Kazuo Ishiguro*, edited by Brian Shaffer and Cynthia Wong, UP of Mississippi, 2008, pp. 66-88.

ながりを維持しながらも同時に身を引き離すという、イシグロの絶妙な距離の取り方（an ironic distance）を丁寧に分析している。それは端的に述べるなら、彼の叙述《ナラティブ》が文化的な本質、つまりより適切で本物《オーセンティック》の「日本らしさ」や「イギリスらしさ」を提示しようとしているわけではなく、そのようなものを求めてしまう枠組から逃れて対象を理解することの困難さを示していると言うことができるだろう。

その議論は彼女の『二世界文学――カズオ・イシグロの初期小説』（*Two World Literature: Kazuo Ishiguro's Early Novels*）でより詳細に展開されており、イシグロが「日本」や「イギリス」についての文化的なステレオタイプを利用しながらも、一貫してそれに対する皮肉（irony）や隔たり（distance）という観点を保持することで読者の予想を裏切ってゆく手際が分析されている。そのような姿勢は、特定の文化を優位なものとして示すことを避けて人間（性）一般について語るという、イシグロの大きな特質へとつながっており、実在の日本やイギリスを直接的な舞台としない『充たされざる者』や『わたしを離さないで』、『忘れられた巨人』も含めた作品にも続いているという。

また、同じく『カズオ・イシグロと日本』に収められている、レベッカ・ウォルコウィッツ「イシグロの背信」は、特に『浮世の画家』の叙述戦略における「背信」に焦点を当てて、イシグロ作品における価値観の変化や、異なる見解同士の軋轢《あつれき》を分析している。それにあたって彼女は、イシグロが描く登場人物が物語中でなす裏切りと、作家としてのイシグロの「背信」とを慎重に区別する。すなわち、前者には見解を異にする弟子による師匠に対する裏切りだけでなく、師匠から弟子に対する裏切りが含まれるのに対し、後者は（特に欧米の）読者が抱く「日本的イメージ」に対する作家イシグロによる背信である。

ウォルコウィッツは作家の「背信」を「何かに全面的に合意して献身するのを拒むための原理」として、「反ファシズム・反排外主義の立場から共同体を考えるための原理」（二五）と定義し、それを「批判的コスモポリタニズムに不可欠な二重意識」（四三）であるとする。ここで示される「背信と裏切り」とは決してネガティブな意味だけを持つのではない。イシグロ作品では様々な不和や対立関係が提示され、人物たちはしばしば裏切り、裏切られる。そのような物語叙述を通じて、「イシグロの小説は一方ではファシズム、もう一方では多文化主義というまったく異なる二つの立場に忠義というものを結びつけている。ほかのなによりも、まさにこのことがイシグロの背信であるかもしれない」（六六）とウォルコウィッツは指摘する。

イシグロは作品の個々の要素が日本かイギリスのどちら（あるいはその両方）にもとづくのか、という期待をジェントルにはぐらかしながら、我々の視野をより広げてくれる。すなわち二つ、あるいはそれ以上の世界に属すると同時に、それらの間を行き来することもできる自由の可能性を垣間見せてくれることも、イシグロ作品の大きな魅力の一つだと言えるだろう。[4]

（4）「Ⅱ⑨人間の価値」での『生まれつき翻訳』についての議論も参照。

⑪　原爆

　イシグロは『遠い山なみの光』で長崎への原爆投下を背景としながらも、それについて作中で直接的に語ることはほとんどなかった。原爆によって悦子自身も（身体的には無事だったものの）精神的に大きなダメージを受けていたことがほのめかされる。だが彼女が主に語るのは、被爆体験や壊滅した街の悲惨さではなく、復興期の長崎を舞台にした、前向きに生きようとする人々の物語である。原爆への直接的言及を奇妙なまでに避けるその叙述構造のはたらきは、「小説の中心にある驚くべき不在」（Lewis 39）とも表される。この言葉を引いて麻生えりかは「そのことが逆説的に彼女のトラウマと抑圧の大きさを示す」だけでなく、「イシグロは原爆を「不在」として暗示的に描いたからこそ、そのはかり知れない重みを読者に伝えられた」（麻生、九九）と的確にまとめる。

原爆を描写する

だがその一方で、この長篇の原型である短篇「奇妙な時折の悲しみ」[1]（"A Strange and Sometimes Sadness"）では、より直接的に原爆の被害が描かれている。何名かの批評家（ルイスやシム）が明確に示すように、『遠い山なみの光』には不在だった原爆描写がこの習作には存在しているだけでなく、その描き方は一ひねり入ったものとなっている。「奇妙な時折の悲しみ」の語り手でイギリス在住のミチコは、終戦間際の長崎での幼なじみのヤスコとの交流を回想する。その大部分は長崎に原爆が投下される以前のことを語っているのだが、物語の結末部で、「次の日、原爆が落とされた。〔……〕ヤスコもヤスコのお父さんも亡くなった。他にもたくさんの人が亡くなった」（25）という言葉が記され、ヤスコが原爆投下で亡くなってしまうことが示される。そして、その叙述の直前の場面でミチコと話すヤスコの様子は、あたかも原爆による苦悶を重ね合わせるように描かれている。ミチコの目には彼女が「おそろしい形相」でミチコをにらんでいるように映っており、「半狂乱でにらむその目は、激しい興奮でぴくぴくしていた。あごが震え、歯がむき出しになっていた」（23-24）。ヤスコはほどなく我に返るのだが、その場面を振り返りながらミチコはヤスコが「原爆を予告した」（26）だけではなく、ミチコの顔に何かを見たのだろうと考える。物語の最後に置かれ

（1）『イントロダクション7——新たな作家たちによる物語』（*Introduction 7: Stories by New Writers*, Faber, 1981）に収録されているが未邦訳。以降の訳文は麻生や荘中の論考中のものを参照した。

たわずか数行に、「戦時中の記憶のすべてが〔……〕収斂されていく」（荘中、一九）ことで原爆という主題の重大性が示唆されるだけでなく、その記憶が本来は原爆投下前のものだったはずの場面に重ねられる手法においても、その後のイシグロ作品への萌芽を見て取ることができる。

この作品の構造については、麻生がまとめるように、「ヤスコのように原爆に「当たった」者はすでに亡くなっているので、その被爆体験を語るすべを持たない」。それゆえ、「原爆に「当たりそこねて」負傷しなかったミチコが、もの言えぬヤスコに代わって、最後に会ったヤスコの顔に想像上のおそろしい被爆体験を代理表象させた」（麻生、一〇二）と考えることもできるだろう。イシグロがこの短篇を『遠い山なみの光』へと膨らませてゆくにあたり、原爆による被害の生々しさの描写を減じる方へと修正したことは様々な可能性を思い起こさせる。

初期作品において原爆を連想させる長崎を舞台にしたことについてのイシグロ自身のコメントは、荘中孝之が丁寧にまとめているように、自分の出身地が抱える歴史的事件に対する誠実な問題意識と、駆け出しの作家が注目されるための戦略的な狙いとの間で大きく揺れている[2]。そして短篇「奇妙な時折の悲しみ」から長篇『遠い山なみの光』へと展開される中で原爆というテーマが後景へと移されたことは、原爆投下以降に生まれて直接体験のないイシグロが母親世代の原爆の記憶を受け取り、それとどのように向き合うべきなのかを試行した結果だと考えることもできるだろう。

そして興味深いことに、このテーマはイシグロの中のこだわりとして残り続けていたことが近年のアーカイブ資料からも明かされている。イシグロは『遠い山なみの光』の出版後も長崎を舞台にした別の作品を構想しており、実際に書き上げられることはなかったものの、その中では長崎への原爆投下というトラウマ的な出来事をより直接的に描写するよう模索した形跡が見られるのである。麻生の論考「未刊行の初期長編「長崎から逃れて」」[3]はこの取り組みについて詳しく述べている。

経験のない原爆の記憶を継承する

イシグロが母の被爆体験と被爆死した彼女の友人の話を聞いたのは、「奇妙な時折の悲しみ」の出版後だったと、彼はスージー・マッケンジーによる二〇〇〇年のインタビューで述べている。[4]その中でイシグロは母親が比較的軽傷で済んだことにも触れて、「母は原爆の本当の恐ろしさを目の当たりにしていないのです」と述べ、それを「心理的に原爆に当たりそこねた」と言い換える。さらに驚くべきことに、彼は、原爆投下時にまだ生まれていなかったため自分がその場に居合わせなかったことに責任を感じているかのように、もし一〇年早く生まれていたら「そこに私もいたはずです」と述べる。

母の被爆について聞いた後に構想していた未完の長篇「長崎から逃れて」のメモでは、より生々

---

(2)　荘中孝之『カズオ・イシグロ――〈日本〉と〈イギリス〉の間から』(春風社、二〇一〇年)の第一章を参照。

(3)　麻生えりか「未刊行の初期長編「長崎から逃れて」――カズオ・イシグロの描く原爆」、田尻芳樹・秦邦生編『カズオ・イシグロと日本――幽霊から戦争責任まで』水声社、二〇二〇年、九五―一一六頁。本項の以降の記述は麻生の論に依りながらまとめた。

(4)　Susie Mackenzie, "Between Two Worlds." *Guardian*. 25 March 2000.

しく原爆を喚起させる描写が見られたことも、麻生の論考は示している。その記述によれば、被爆後間もない長崎を舞台とした本作では、傷を治療する場面も描かれており、やけどした皮膚を覆う得体の知れない黄色いふさふさしたものを取り除くなど、「生々しい傷の描写は、イシグロが書いたとは思えないほど」（麻生、一〇八）なのだという。そしてこのイシグロらしからぬ生々しさを帯びた草稿について、母たちの被爆体験と罪悪感にギリギリまで近づこうとした試みとして麻生はまとめている。この「長崎から逃れて」の草稿は結局物語として完成されなかったとはいえ、控えめで婉曲的と形容されることの多いイシグロの文体が彫琢されてゆく過程において、その対極とも言える生々しいリアリティへの試行錯誤があったことを示す貴重な資料と言えるだろう。

　母だけでなく、まだ生まれていなかった自分自身も「原爆に当たりそこねた」という先述のイシグロの言葉に対して、インタビュアーのマッケンジーは「いわれのない罪悪感――それも最悪のもの」だと述べ、その理由を「どんなに悔やんでも償っても、それを消すことは絶対に無理だから」だとコメントしている。しかし、こじれたサバイバーズ・ギルトとも映るこの心情は、イシグロなりに母親や長崎の被爆者たちの集合的記憶を継承しようとする責任感の表れと言うこともできるだろう。そしてイシグロが二〇一七年のノーベル文学賞受賞時、晩餐会の短いスピーチ(5)の中でも長崎の原爆について触れていることは、このテーマが彼の中で生き続けていることをはっきりと示している。

（5）　板垣麻衣子「「ノーベルショウ」イシグロさんに刻まれた母の日本語」、『朝日新聞デジタル』二〇一七年一二月一一日付。

⑫

視野《パースペクティブ》

『浮世の画家』の終盤で小野は長女の節子から、「ものごとを広い視野で見ることが大切だと思うの」(it is perhaps important to see things in a proper perspective)(192 二九七)と諫められる。これまでの語りの中で自分の影響力の大きさとそれに対する責任を示唆してきた小野は、娘からさらに「お父さまは画家にすぎなかったんですから。大きな過ちを犯したなんて、もう考えてはだめよ」(二九七)と言われて驚く。これは小野が自分で思っていたほどには大きな存在でなかった可能性も暗示する場面であるが、それが「偏狭な視野」(parochial perspective)(Shaffer 61)として表現されていることは、イシグロ作品の特徴としても重要である。

小野の友人の松田知州も、自分たちが先を見通せなかったことを同様に視野の狭さとして表す。

「〔……〕画家の視野なんて狭すぎる（your narrow artist's perspective）と言って、よくいじめたもんだ。そのたびにえらく腹を立てたじゃないか。ところが、ふたりとも十分に広い視野（a broad enough view）なんか持ち合わせていなかったらしい」（199 三〇六―三〇七）

「だがあのころのぼくは、物事をあまりはっきり見ることができなかった。きみの言うとおり、画家の狭い視野だな。いや、いまでも、この市のはるか外に広がっている世界のことなんか、ほとんど考えることもできない」（三〇七）

彼らなりに芸術を通じた社会の変革という高邁な理想を志しながらも、結局は自分たちが「特別な洞察力など授かっていないただの人」（三〇七）だったとまとめる。『浮世の画家』の構成についてイシグロは、周囲の状況や価値観を正確に見渡すことのできない小野の偏狭な視野に沿うように全体が叙述されていると説明し、それは彼が特に劣っているわけではなく、我々の多くも同様だと付け加える。

それと同時に、私は小野がごく普通であることを示してもいます。我々の多くの視野も同様に偏狭なのです。ですからこの本は、普通の人間がごく身近な状況を越えて事物を見渡せないことを述べています。そして人々は、自分にとって世の中がそう見えているものに振り回されているのです。（Interview by Mason 9）

その当時は常に限られた視野と情報の中で判断して行動するしかなく、後から見ればそれが誤りだったとされる可能性を含んでいることは、『日の名残り』のスティーブンスにも通じる見解であることは明らかである。

視野の暗闇

論考「カズオ・イシグロの運命観」[1]で、森川慎也はイシグロ作品に表れた人生観の推移をまとめている。特に初期作品の特徴として「パースペクティブ」を挙げ、「限定された視野」というモチーフが緒方さんから小野、そしてスティーブンスへと展開されてゆく様子を詳細に描出する。そして森川はこのような作品の一例として、短篇集『夜想曲集』に収められた「降っても晴れても」("Come Rain or Come Shine")を挙げる。

この短篇は主人公のレイモンドが、長らくの友人であるチャーリーとエミリーの夫妻を訪ねた際、チャーリーから実はエミリーとの関係がぎこちないものとなっていて、それを改善するための手助けをレイモンドに求めることから始まる。自分たちの状況を説明する中で、チャーリーは「視

（1）　森川慎也「カズオ・イシグロの運命観」、荘中孝之・三村尚央・森川慎也編『カズオ・イシグロの視線――記憶・想像・郷愁』作品社、二〇一八年、二七五―三〇七頁。なお森川論考では「パースペクティヴ」と記されているものを、本書では他のタームの表記と合わせて「パースペクティブ」としている。

野」(perspective)という語を何度も繰り返す。彼はエミリーが二人の関係を適切に判断するための視野を欠いていて、それを是正するための媒体としてレイモンドが必要なのだと述べる。それを聞いたレイモンドは自分の役目を「ミスター・パースペクティブ」[2]("Mr. Perspective" (61))と自嘲気味に述べて協力を承諾する。だが彼らの試みは奇妙な方に転がってゆき、彼らが求める視野《パースペクティブ》は偏狭なものへと陥ってゆく。そして、ある成り行きからレイモンドはヘンドリックスというラブラドール犬の行動を想像することになり、「ヘンドリックスという生き物の観点」(the perspective of a creature like Hendrix)(一〇八)に立って、「身も心もヘンドリックス」になりきることを試みる。

このエピソードは視野の狭窄あるいは「限定された視野」を通じて見るということがイシグロの関心の一つであり続けていることをよく示しており[3]、『忘れられた巨人』の忘却の霧に覆われた世界で息子を探し続けるアクセルとベアトリスや、『クララとお日さま』のクララが優秀なＡＩ制御のロボットではあるものの、その視野がしばしば限定されていたり、暗がりによってさえぎられていたりすること［Ｉ⑧『クララ』］にも通じるものだと言えるだろう。

明晰な洞察《ビジョン》を求めて

一方で(あるいはそれだからこそ)、より広い視野を獲得しようとする試みや、束の間それが得られたことの満足感もしばしば示される。『遠い山なみの光』では、語り手悦子が佐知子と万里子の母娘と稲佐山へ出かけた時に、売店で双眼鏡を試してみて「驚くほどよく見える」(一四六)と感嘆する場面が何気なく、しかし効果的に差し挟まれている。その後悦子と佐知子は山頂から長崎の港や街並み、その向こうの海を一望して「まるで何事もなかったみたいね。〔……〕あの辺はみんな原爆でめちゃめちゃになったのよ。それが今はどう」（一五五）と、過去の惨事からの復興について振り返る。

高いところからの見通しのよい眺めに憧れる様子は『日の名残り』にも描かれている。旅に出たスティーブンスは山道の途中で見通しが悪いところにさしかかり、車を降りて「もっとよく見える場所はないかと」（hoping to get a better view）（24 三六）歩き回り、そこで出会った男に教えられた通りに登った先での眺望に感動する。その広い眺めが、ダーリントン・ホールを離れたことに不安を感じていたスティーブンスの気持ちを高揚させるだけでなく、彼の抱くイギリスと執事の「偉大さ」へとつながっていることは重要であるが、同時に、その時の彼もやはりある種の盲目から逃れられていないのも見逃せない点である。イシグロはこのように、ある視野を取ることで得られる洞察と、そこに含まれる盲点との相互関係を描き続けている。(4)

（2）　邦訳では「目の前において比較させるために」（七四）と訳されている。ここも含めて“perspective”という語は短篇全体を通じて、文脈に合わせて工夫して訳されている。

（3）　森川は本作を「どんなときでも」（“Come Rain or Come Shine”）「ただしいパースペクティブを獲得できない人物たちの状況が戯画化されている」（二八六）と評している。

（4）　『クララとお日さま』でも、ある人物が物事を「新しい視点」（a fresh perspective）から見るべきだと強調する場面が見られる。

『浮世の画家』で、松田知州は出会って間もない小野を高台に誘う。そして彼は「ここに立って見たまえ。ちょいと面白い眺めだ」(二五六)と貧しい人々の暮らす一隅に注意を促す。目をこらした小野はそこで住人たちが「岩に群がるアリのように」(二五六)動き回っていることに気づく。小野は「なんとかしてやりたい」という感想を抱くが、松田はそれを「善意の感傷だな」と一蹴する。

「政治家や実業家はこういう場所にはほとんど目を向けない。かりに見たとしても、いまのおれたちのように安全な距離を置いて、遠くから眺めるだけだ。あのなかまで入り込んだ政治家や実業家が大勢いるとは思えない。〔……〕」(二五七)

彼の言葉は、距離を取った広い視野で見ることで生じる盲点も示しており、「画家だって同じことだろう」と、離れているがゆえの同情心がはらむ欺瞞を批判する。

離れて見晴らすことに伴う同様のジレンマは、『わたしたちが孤児だったころ』にも描かれている。両親捜索のために上海に乗り込んだクリストファー・バンクスは上海参事会の主催するパーティに招かれ、川向こうの戦闘を余興であるかのように見物する英国人エリートたちを目の当たりにする。彼らは日本軍と中国軍が交戦する砲撃音に歓声を上げげて、バルコニーからオペラグラスで眺めながら、戦況や今後の展開について、まるで人ごとのように議論を交わしており、その様子にバンクスは「嫌悪感」を覚える(二七三)。その一方で、川面に浮かぶ舟の船頭が積荷に気を取られるあまり、すぐ近くで起こっている戦闘に気づいていない様子も描かれており、視野を明晰にすることその盲点をめぐる対比が巧妙に示されている。加えて『孤児』の結末が、広い視野で真実を見抜き、遠くまで見通すことのできる人物の代表格である探偵さえ、そこから逃れてはいないことを示すものであったことに目を向けてもよいだろう。

イシグロはインタビューでも、我々の視野は多かれ少なかれ限定されたものであり、どれだけ慎重に検討してもすべてを見通すことはできないと繰り返す。彼は自分の作品の語り手たちについて、「深い洞察がなかったために彼らの人生はだめになってしまった。彼らは必ずしも愚かだというのではありません。ただ普通（ordinary）なだけなんです」（Interview by Vorda and Herzinger 86-87）と強調する。これは『日の名残り』出版直後の一九九〇年のインタビューであるが、その後の作品の語り手たちにも適用される見解である。

我々の多くは、将来を完全に予測する視野《パースペクティブ》を持つことなどできない。だがイシグロは、より明晰な洞察に近づけるように常に研鑽と努力を積むべきだと主張しているわけではもちろんない。むしろ、そのような条件のために先の見通しが失敗する可能性もある中で、自分や周囲の人々のためにより善き生を送りたいという欲求と、そのための決断を彼は尊重していると見ることもできるだろう。

⑬ 悪

――戦いと共謀

『わたしたちが孤児だったころ』が、「世界を混沌に陥れている悪(evil)を見つけ出して世界を元通りにする、と信じているキャラクターを二〇世紀の混乱の中に放り込んでみる、という一種の「ブラック・コメディ」」(Interview by Wong 187)だというイシグロの言葉は第Ⅰ部でも紹介したが、それは「悪」の姿が、もはや一人の人物や一つの中心的な原因といった明確な姿におさめられなくなっているという見方の表れだとも言える。

バンクスは、悪人と対決する探偵という比較的単純な世界観のもとに行動を始めるが、それはイシグロ自身によれば[1]「悪人を見つけ出して、その魔神(genie)を瓶の中に戻す」(Interview by Wong 185)ような単純な期待にすぎず、実際には「悪との関係はより複雑で、それと無関係でいることは困難」なのである。「悪事の裏にモリアーティのような悪人がいるという世界観[2]」(Interview by

Frumkes 192）に対して、イシグロは現代の「悪」を、より混沌（chaos）としたものとして示している。たとえば『わたしたちが孤児だったころ』では悪は「いくつも頭を持っている」「大蛇」（二二八）として表現される［Ⅱ②動物］。それは簡単に退治できるようなものではなく、頭をはねても「さらに三つも頭が生えてくる」ようなもので、解決するには「大蛇の心臓」に向かわなくてはならないとされる。バンクスは悪の中心が上海にあると確信して向かうのだが、それが幻想だったことを思い知るのである。

また別の作品でも、制御の困難な暴力的な存在が、主人公たちを脅《おびや》かすものとして描かれることがある。『忘れられた巨人』では、アクセルたちが修道院の地下道で遭遇する「雄牛のような」（二六五）怪物が登場し、ガウェインに首をはねられてもしばらく動き続けている様子が描かれているだけでなく、より大きな厄災の元凶であるとされたクエリグが退治されても、人々の間での抗争はおさまらないことが示される。こうした悪の脅威やしぶとさは、『クララとお日さま』でも、クララの心を恐怖で満たす雄牛や、一度倒したと思っても復活してくるクーティングズ・マシンとして現れている。[3]

（1） Kazuo Ishiguro, Interview by Cynthia Wong, "Like Idealism Is to the Intellect: An Interview with Kazuo Ishiguro." *Conversations with Kazuo Ishiguro*, edited by Brian Shaffer and Cynthia Wong, UP of Mississippi, 2008, pp. 174-88.

（2） Kazuo Ishiguro, Interview by Lewis Burke Frumkes. *Conversations with Kazuo Ishiguro*, pp. 189-93.

（3） そのような理不尽な圧倒的暴力に対抗するように、人知を越えた効果を期待されるものとして「太陽の光」

そして『わたしたちが孤児だったころ』の結末が示すのは、悪と対決しようとする者も実際には何らかの形で悪とつながっていたり、悪の側から利益を得ていたりするということである。このような悪との複雑な関係性については、批評家ブルース・ロビンズの「受益者」(beneficiary)や、マイケル・ロスバーグらの共謀(complicity)の議論[4]も参考になるだろう。つまり「悪」は明確な中心が見いだせない集合的なものであることが多く、それに対峙して解決しようとする我々が足元をすくわれることも頻繁に起こる。イシグロの作品は、重要であるが居心地の悪いこうした主題をそれとなく作品に忍び込ませて、我々に直面させる。だが急いで付け加えなくてはならないのは、彼は悪を駆逐して「善きもの」を求める我々の心性に水を差そうとしているのではなく、自分も無傷の立場ではいられないことを自覚しながらその行為に関わり続けなくてはならないという覚悟を促しているのではないか、という点である。

「公共の秘密」との共謀

批評家ロバート・イーグルストンは、『わたしを離さないで』におけるクローンたちと、彼らを利用する普通の人々(normal people)との関係を「公共の秘密」(the public secret)というモデルから考察する[5]。イーグルストンは、公共の秘密を「広く公に知られているのだが、それと同時に熟慮のうえで共同体が隠蔽する対象」(一二四)と定義し、それが歴史上最も顕著に表れた事例として、第二次世界大戦の期間中にナチス・ドイツによって行われたユダヤ人の大量虐殺(ホロコースト)を挙げ、ホロコーストという組織的な人種排除と『わたしを離さないで』での計画的なクローンの搾取との間に構造的な相同性を見いだす。

彼が強調するのは、ホロコーストには計画を直接的に立案・実施する者たちだけでなく、一見無関係の、多くの「普通の人々」(ordinary people) も関わっていたことである。彼らは、明確な意図や自覚のないまま、結果的には巨大な悪へと加担してしまっていた。つまり、消極的な意味ではあっても、彼らの「協力」がなければ、この組織的な悪事は維持されなかったのである。イーグルストンはその点を「それは共犯の過程、もしくは共犯の構造であり、故意にであろうとなかろうと人々を共犯に引き込み、形成し、巻き込む」(一二四) と鋭く指摘する。それはすなわち、自分たちが関わっている行為に一抹の疑念を抱きながらも、見て見ぬふりをして見過ごすことであり、

が置かれていることは注目に値する。

(4) ロビンズ『受益者』(*The Beneficiary*, Duke UP, 2017) 参照。またロスバーグは『マルチディレクショナル・メモリー』(*Multidirectional Memory*, Stanford UP, 2009) で加害者 (perpetrator) と被害者 (victim) との関係に、第三項目の傍観者 (by-stander) という間接的な関与者を加えるモデルを通じて、より広範な考察を提唱している。この概念は「巻き込まれた主体」(the implicated subject) として、同名の近著 (*The Implicated Subject*, Stanford UP, 2019) でも展開されている。

(5) イーグルストン「公共の秘密」(金内亮訳、田尻芳樹・三村尚央編『カズオ・イシグロ『わたしを離さないで』を読む——ケアからホロコーストまで』水声社、二〇一八年、一一六—一四四頁) 参照。この論考は、ホロコーストと文学との関わりをめぐる『壊れた声——ホロコースト以後の文学を読む』(*The Broken Voice: Reading Post-Holocaust Literature*, Oxford UP, 2017) の一章として書かれており、この書籍自体も邦訳が期待される一冊である。

『わたしを離さないで』でエミリー先生がキャシーたちクローンを利用する「普通の人々」（normal people）について述べる、「世間はなんとかあなた方のことを考えまいとしました」（四〇一）という言葉にも重なるだろう。

また、ナチス・ドイツとの関わりに言及される『日の名残り』を読解して、実はスティーブンスのような平凡な人物も「悪」へとつながる可能性をはらんでいるのだと論じるのがJ・ピーター・ユーベン[6]である。ユーベンは、政治哲学者ハンナ・アーレントがアドルフ・アイヒマンについて述べた「悪の凡庸さ」を挙げて、「もしスティーブンスがナチスの支配下で生きていたなら、アイヒマンと同じ誘惑に駆られていたことだろう」（105）と論じる。そして真面目に働き、家族を愛する人々がユダヤ人の虐殺へと関与してゆく経緯を詳細に述べたクリストファー・ブラウニングの『普通の人びと』にも言及しながら、大きな出来事には関わることがないと自覚するスティーブンスのような人物もそこには無関係でいられない構造を明らかにする。

ジョン・マクガワン[7]もスティーブンスが品格（dignity）と職業意識（professionalism）を重視していることに着目して、「スティーブンスの失敗は彼がプロフェッショナルでありすぎようとすることから生じているが、ダーリントンのあやまちは、彼がプロでなくアマチュアであることから生じている」（236）と対比する。

そしてアイヴァン・ステイシー[8]は、悪しき存在に対抗しようとする者がしばしば当の「悪」と地続きになってしまっている「共謀」（complicity）の観点から、著書『共謀するテクスト――戦後のフィクションにおける目撃の失敗』の一章を割いて『浮世の画家』、『日の名残り』、『わたしたちが孤児だったころ』、『わたしを離さないで』を包括的に論じている。彼の議論で取り上げられる共謀とは、悪事への意識的かつ積極的な関与だけでなく、自覚しないまま結果的に巻き込まれてしまう状況も含んでいる。つまり、意図することなく悪とつながっていたバンクスや、そのつながりを（意識的であれ無意識的であれ）見落としていたキャシーたちと、当時の自分にできうる限りの最善を尽くしていたにもかかわらず結果的に誤ってしまった小野やスティーブンスは決して対立するものではない。

それは、彼らの判断力が劣っていたのではなく、すべてを見通す視野《パースペクティブ》［II⑫］を持つことなど誰もできないのだから、判断を誤る可能性は誰にでも存在することを意味する。「悪」との共謀について（直接的あるいは間接的に）告白するイシグロ作品の人物たちを、読者は断罪するのではなく、穏やかな寛容あるいは許容の気持ちで受け入れられるように彼（女）らの叙述は構成されてい

（6） J. Peter Euben, "The Butler Did It." *Naming Evil, Judging Evil*, edited by Ruth W. Grant, U of Chicago P, 2008, pp. 103-20.

（7） John McGowan, "SUFFICIENT UNTO THE DAY: Reflections on Evil and Responsibility Prompted by Hannah Arendt and Kazuo Ishiguro." *Soundings: An Interdisciplinary Journal.* vol. 91, no. 3/4 (Fall/Winter 2008), pp. 229-54. 松宮園子の論考「『わたしを離さないで』における「凡庸な悪」」（『英文学論叢』第六二号、二〇一八年、六六―八四頁）はユーベンやマクガワンにも言及しながら『わたしを離さないで』に描かれる「悪」について考察している。

（8） Ivan Stacy, *The Complicit Text: Failures of Witnessing in Postwar Fiction.* Lexington Books, 2021.

る。そして我々も同様に、あらゆる条件を事前に検討しておくことは不可能であるものの、それでも考え、判断することを諦めてはならないと感じられてくることだろう。「判断を他人に委ねることは民主主義の終わりをも意味する」（McGowan 236）のだから。

⑭

ケア
——他者への気づかいとその困難

イシグロ作品を一読して、寛容さにあふれているという印象を抱く人は多いのではないだろうか。語り手たちの人生は決して順調とは言えず、悩みながら下した決断が必ずしもよい方向に進まなかったことを今も気にかけており、その周囲には「過去の失敗と向き合って責任を取るべきだ」という、まっとうだが冷酷な正論を述べる人物が配置されることもある。それでもイシグロは、語り手たちがこうした葛藤に折り合いをつけて生き続ける決意を静かに固める姿を、寄り添うように丁寧に描きだす。そこには、ソーシャル・ワーカーとして実際に働いていたこともあるイシグロ自身の経歴の影響を読み取ることもできるだろう。しかし（あるいは、それゆえか）彼の作品は、他者への気づかい（ケア）の「正しさ」や「心地よさ」ばかりを描きだしているわけではない。「介護人《ケアラー》」（carer）という職業の設定された『わたしを離さないで』にもそれを見て取ることができる。

臓器提供のためにつくり出されたクローン同士が互いの世話をし合うという、この一見突飛な設定は、我々にとって近年ますます大きな課題となっている介護や医療におけるケアの問題も思い起こさせる。『カズオ・イシグロ『わたしを離さないで』を読む』所収の荘中孝之の論考は、[1]この小説と我々の現実世界での介護の問題とを結びつける道をひらくものの一つである。荘中は介護人として働くキャシーたちの状況を、日本やイギリスにおける介護や医療従事者たちの労働条件の過酷さと対比しながら、それを駆動する社会的不平等と格差の構造を浮かびあがらせ、彼女たちを社会の最下層に置かれた人々の隠喩として読み取る。さらに、『わたしを離さないで』の主人公たちは三〇代であるが、彼らに設定された寿命の末期にさしかかっていることを踏まえ、高齢者が互いの介護をし合う「老老介護」などの問題にも関連づけている。[2]

介護《ケア》する人々《ラー》の問題

このような関係は「看る《みる》」ことと「看られる」ことが容易に反転する不安定さを含んでいるわけだが、アン・ホワイトヘッドも『わたしを離さないで』を通じて、介護や医療といった場での他者への「気づかい」がはらむ微妙《センシティブ》な問題の考察を深めている。彼女は論考「気づかい《ケア》をもって書く」[3]で、ケアすることの意味を掘り下げ、他者の世話《ケア》をするという「人間的な行為」を徹底することに求められる「非人間性」を露《あら》わにする。

気づかいをもって他者を世話するべきだ、とは、たしかに反駁しようもなく正しい主張である。

だがその「正しさ」は、それを実践し続けることに伴う矛盾や困難をしばしば見えづらくしてしまう。その結果、介護する当事者が抱くやりきれなさや迷いそして不安は、はっきりとは口にしづらいもやもやとした澱《おり》のようにたまり続けることになるだろう。あるいは、自分の愛する身近な人のために最善を願うことが、それ以外のものあるいは人々を搾取し、排除するというグロテスクな構図につながってしまうこともしばしばある。

　このような「ケアする／される」関係が内包する不均衡が、『わたしを離さないで』では「人間」と「人間未満の非人間（クローン）」との対比としても描きだされていることをホワイトヘッドは明らかにする。また彼女は、医療現場で他者への共感を学ぶ題材として文学などのフィクション作品が取り上げられることにも触れ、それが実際には期待されているほど自明でスムーズなプロセスではないことを指摘し、『現代英国のフィクションにおける医療と共感――医療人文学への介

(1)　荘中孝之「看る／看られることの不安――高齢者介護小説として読む『わたしを離さないで』」、田尻芳樹・三村尚央編『カズオ・イシグロ『わたしを離さないで』を読む――ケアからホロコーストまで』水声社、二〇一八年、一六九―一八二頁。

(2)　荘中は、こうした介護が増えてゆく一方で、愛する者の最期を看取りそびれてしまうことやそれが生き残る側に残す後悔について、『日の名残り』や『充たされざる者』、「ある家族の夕餉」に加えて、長崎の祖父をめぐるイシグロ自身の経験とも結びつけて論じている。

(3)　アン・ホワイトヘッド「気づかい《ケア》をもって書く」、『カズオ・イシグロ『わたしを離さないで』を読む』、一六九―一八二頁。

入』[4]でもあらためて論じている。彼女は共感のフィクション、あるいはフィクションにおける共感を再考して、フィクション作品が「共感とは何かを教える」だけでなく「共感の問題点や共感しようとすることの困難」（12）を描くものとしてとらえ、『私を離さないで』にも一章を割いている。ホワイトヘッドが浮き彫りにするのは、他者に完全に寄り添って、その要求を理解することなど不可能だということを念頭に置き続けながら他者への気づかい《ケア》を続けなくてはならないという、ケアや共感に含まれる（そして見過ごされがちな）ジレンマである。[5]

あるいは、気づかい《ケア》にもとづく行為が、最も身近な人物に対する非情な言動へと結びついてしまう可能性を示す、ブルース・ロビンズの議論[6]を思い起こしてもよいだろう。善意にもとづくはずの行為や他人への共感が、時には彼らの存在をおびやかす結果をもたらす危険性をロビンズは指摘する。また彼は、社会の中でよりよき位置に行きたいという個々の「上昇志向」が、結果的に彼らを管理・搾取する「福祉国家」制度の維持へとつながってしまう構造も析出する。この作品において介護人による「介護《ケア》」は、提供者を寛解《かんかい》させるのではなく、さらなる提供へと駆り立てるためのものであり、そのために設《しつら》えられた「回復センター」（the recovery center）も文字通りの回復のためではない。それらは、実質的には彼らを次の提供へと滞りなく送り出し続けるための設備であるし、介護人たちも最終的には新たな提供者となって、「普通の人々」のための搾取の構造《システム》を維持するように働いている。

そしてロビンズは、提供者たちが「動揺」（agitation）の状態にならないように世話《ケア》する介護人たちの仕事は、体制を転覆する可能性を秘める「怒り」の情動を抑えることにもつながっていると論じる。[7] 第I部でも触れたように、ヘールシャムの仕組みになじむことができず、それに対する疑問と怒りを最も強く感じ続けていたトミーは、制度の側から見れば明らかな「問題児」であり、彼が感情を爆発《アジテート》させないように抑制《コントロール》すること（アンガー・マネジメント）は体制と介護人たちにとっての重要事なのである。

それは、彼に対するキャシーの態度にも見られるように、身近な人物を親身に介護するために、ある種の無感情という、非人間的な感情の引き離し（detachment）が必要となる逆説をも指し示す。

（4） Anne Whitehead, *Medicine and Empathy in Contemporary British Fiction: An Intervention in Medical Humanities*. Edinburgh UP, 2017.

（5） アネマリー・モル『ケアのロジック――選択は患者のためになるか』（田口陽子・浜田明範訳、水声社、二〇二〇年）も参照。また小川公代『ケアの倫理とエンパワメント』（講談社、二〇二一年）は文学作品に見られるケアというテーマを多彩に論じている。

（6） ロビンズ「薄情ではいけない――『わたしを離さないで』における凡庸さと身近なもの」（日吉信貴訳、『カズオ・イシグロ『わたしを離さないで』を読む』、一八三―一九六頁）参照。

（7） ロビンズは『上昇志向と公益――福祉国家の文学史を目指して』（*Upward Mobility and the Common Good: Toward a Literary History of the Welfare State*, Princeton UP, 2007）でも、イギリスの福祉制度と『わたしを離さないで』を含めた様々な時代の文学作品との関連性をより広範に議論している。そして、このような制度と個人との関わりがしばしば「共謀」関係に反転してしまう可能性についても『受益者』（*The Beneficiary*）で「受益者」という観点から論じている［II⑬悪］。

そして再会したエミリー先生がキャシーたちにかける言葉は、自分の身近な者の幸福を心から願うという、最も人間的とさえ言える行為も、誰も犠牲にしない無謬《むびゅう》のものではありえないことを我々につきつけて、自他の間の奈落（abyss）を浮き彫りにする。

「〔……〕あなた方の存在を知って少しは気がとがめても、それより自分の子供が、配偶者が、親が、友人が、癌や運動ニューロン病や心臓病で死なないことのほうが大事なのです。〔……〕世間はなんとかあなた方のことを考えまいとしました。どうしても考えざるをえないときは、自分たちとは違うのだと思い込もうとしました。完全な人間ではない、だから問題にしなくていい……。〔……〕」（四〇一―四〇二）

異なる「あなた」への呼びかけ

その一方でイシグロ作品は、我々が自分とは異なる境遇の存在とつながり合う可能性を示してくれてもいる。その一つが、イシグロ作品の特徴である、語り手による「あなた」（you）への呼びかけである。先述のホワイトヘッドもこの点に着目しており、キャシーの語りを取り上げて、彼女が頻繁に呼びかける「あなた」とは、「ほかの施設ではどうだったか知りませんが」（二〇七）という表現からも明らかなように、彼女同様に臓器移植のために生み出されたクローン、しかもヘールシャム以外の施設で養育された者であることを強調する。

このような呼びかけを含む語りの構造について秦邦生(8)は、キャシーたちがクローンの中でも比較的優遇されている、他の施設の者たちからは「羨《うらや》まれる者」だということを浮かびあがらせながらも、羨む側と羨まれる側とが「アクロバットに交錯して」(二〇八)、彼らの間の格差や断絶だけでなく、最終的には読者との境界も攪乱して我々もまたクローンであるかのような印象を生み出すのだと論じる。またレベッカ・スーターも、「「蜘蛛であること」――カズオ・イシグロの二世界文学」で、こうした「あなた」への呼びかけを組み込んだ構造をイシグロ作品の重要な特徴の一つとして、『わたしを離さないで』以外にも、『浮世の画家』や『日の名残り』も含めて広範に分析している。つまり、読者たちは、自分たちに直接語られているわけではないことを示す徴候が刻まれた叙述を聞きながらも、そこに共感できるという不思議な経験をしていることになる。そう、あたかも、ヘールシャム出身でないにもかかわらず、キャシーの過去を我がこととして聞きたがったクローンのように、自他の境界を越えて物語や記憶が共有される可能性である。

自己と他者との間には深淵《アビス》が横たわっている。イシグロがそれを直視しながら、その深淵を架橋する物語や文学の可能性を深く信じていることは我々を力強く励ましてくれる。彼はノーベル文学賞の受賞記念スピーチで、物語の役割について、「物語ることの本質」とは「感情を伝えること」だと述べ、それを通じて伝えられる「感情こそが境界線や隔壁を乗り越え、同じ人間として分かち合っている何かに訴えかける」のだと強調する(『特急二十世紀』、八三)。そして彼はこれからも我々

(8) 秦邦生「「羨む者たち」の共同体――『わたしを離さないで』における嫉妬、羨望、愛」、『カズオ・イシグロ『わたしを離さないで』を読む』、一九七―二一一頁。

に呼びかけ続けるだろう、「私にはこう感じられるのですが、おわかりいただけるでしょうか？あなたも同じように感じておられるでしょうか？」（八三、八五）と。

文献一覧

◉**イシグロの著作**

Ishiguro, Kazuo. "A Family Supper." *The Penguin Book of Modern British Short Stories*, edited by Malcolm Bradbury. Penguin Books, pp. 434-42.（「ある家族の夕餉」田尻芳樹訳、阿部公彦編『しみじみ読むイギリス・アイルランド文学』松柏社、二〇〇七年、七五―九二頁）

――. "A Strange and Sometimes Sadness." *Introduction 7: Stories by New Writers*. Faber, 1981, pp. 13-27.

――. *An Artist of the Floating World*. Faber, 1986.（『浮世の画家〔新版〕』飛田茂雄訳、ハヤカワ epi 文庫、二〇一九年）

――. *A Pale View of Hills*. Faber, 1982.（『遠い山なみの光』小野寺健訳、ハヤカワ epi 文庫、二〇〇一年）

――. *Klara and the Sun*. Faber, 2021.（『クララとお日さま』土屋政雄訳、早川書房、二〇二一年）

――. "My Twentieth Century Evening – and Other Small Breakthroughs." Nobel Lecture by Kazuo Ishigurc. The Nobel Foundation, 2017.（『特急二十世紀の夜と、いくつかの小さなブレークスルー――ノーベル文学賞受賞記念講演』土屋政雄訳、早川書房、二〇一八年）

――. *Never Let Me Go*. Faber, 2005.（『わたしを離さないで』土屋政雄訳、ハヤカワ epi 文庫、二〇〇八年）

——. *Nocturnes: Five Stories of Music and Nightfall*. Faber, 2009.（『夜想曲集——音楽と夕暮れをめぐる五つの物語』土屋政雄訳、ハヤカワ epi 文庫、二〇一一年）
——. *The Buried Giant*. Faber, 2015.（『忘れられた巨人』土屋政雄訳、ハヤカワ epi 文庫、二〇一七年）
——. *The Remains of the Day*. Faber, 1989.（『日の名残り』土屋政雄訳、ハヤカワ epi 文庫、二〇〇一年）
——. *The Unconsoled*. Faber, 1995.（『充たされざる者』古賀林幸訳、ハヤカワ epi 文庫、二〇〇七年）
——. *When We Were Orphans*. Faber, 2000.（『わたしたちが孤児だったころ』入江真佐子訳、ハヤカワ epi 文庫、二〇〇六年）

◉インタビュー

Ishiguro, Kazuo. "A Conversation about Life and Art with Kazuo Ishiguro." Interview by Cynthia Wong and Grace Crummett. *Conversations with Kazuo Ishiguro*, edited by Brian Shaffer and Cynthia Wong, UP of Mississippi, 2008. pp. 204-20.
——. "A Conversation with Kazuo Ishiguro about *Never Let Me Go*." *BookBrowse.com*, BookBrowse LLC, 2012.
——. "An Interview with Kazuo Ishiguro." Interview by Allan Vorda and Kim Herzinger. *Conversations with Kazuo Ishiguro*, edited by Brian Shaffer and Cynthia Wong, UP of Mississippi, 2008, pp. 66-88.
——. "An Interview with Kazuo Ishiguro." Interview by Brian Shaffer. *Conversations with Kazuo Ishiguro*, edited by Brian Shaffer and Cynthia Wong, UP of Mississippi, 2008, pp. 161-73.
——. "An Interview with Kazuo Ishiguro." Interview by Gregory Mason. *Conversations with Kazuo Ishiguro*, edited by Brian Shaffer and Cynthia Wong, UP of Mississippi, 2008. pp. 3-14.
——. "Chaos as Metaphor: An Interview with Kazuo Ishiguro." Interview by Peter Olivia. *Conversations with Kazuo Ishiguro*, edited by Brian Shaffer and Cynthia Wong, UP of Mississippi, 2008. pp. 120-24.
——. "Kazuo Ishiguro." Interview by Lewis Burke Frumkes. *Conversations with Kazuo Ishiguro*, edited by Brian Shaffer and Cynthia Wong, UP of Mississippi, 2008, pp. 189-93.

——. “Kazuo Ishiguro.” Interview by Linda Richards. *January Magazine,* 2000, https://www.januarymagazine.com/profiles/ishiguro.html.

——. “Kazuo Ishiguro.” Interview by Ron Hogan. *Conversations with Kazuo Ishiguro*, edited by Brian Shaffer and Cynthia Wong, UP of Mississippi, 2008, pp. 156-60.

——. “Kazuo Ishiguro’s Interior World.” Interview by Nermeen Shaikh. *Asia Society,* 2012, https://asiasociety.org/kazuo-ishiguros-interior-worlds.

——. “Kazuo Ishiguro with Maya Jaggi.” Interview by Maya Jaggi. *Conversations with Kazuo Ishiguro*, edited by Brian Shaffer and Cynthia Wong, UP of Mississippi, 2008, pp. 110-19.

——. “Like Idealism Is to the Intellect: An Interview with Kazuo Ishiguro.” Interview by Cynthia Wong. *Conversations with Kazuo Ishiguro*, edited by Brian Shaffer and Cynthia Wong, UP of Mississippi, 2008, pp. 174-88.

——. “Rooted in a Small Space: An Interview with Kazuo Ishiguro.” Interview by Dylan Otto Krider. *Conversations with Kazuo Ishiguro*, edited by Brian Shaffer and Cynthia Wong, UP of Mississippi, 2008, pp. 125-34.

Shaffer, Brian, and Cynthia Wong, editors. *Conversations with Kazuo Ishiguro*. UP of Mississippi, 2008.

阿川佐和子「カズオ・イシグロに阿川佐和子が聞いた　「初恋」と「私の中の日本人」」、『文春オンライン』(「阿川佐和子のこの人に会いたい」、『週刊文春』二〇〇一年一一月八日号)。

板垣麻衣子「「ノーベルショウ」イシグロさんに刻まれた母の日本語」、『朝日新聞デジタル』二〇一七年一二月一一日付 (https://digital.asahi.com/articles/ASKDC3F2GKDCUCLV002.html)。

柴田元幸編訳『ナイン・インタビューズ——柴田元幸と9人の作家たち』アルク、二〇〇四年。

◉研究書・学術論文

Black, Shameem. “Ishiguro’s Inhuman Aesthetics.” *Modern Fiction Studies*, vol. 55, no. 4, Winter 2009, pp. 785-807.

Charlwood, Catherine. “National Identities, Personal Crises: Amnesia in Kazuo Ishiguro’s *The Buried Giant*.” *Open Cultural*

Studies, vol. 2, 2018, pp. 25-38.

D'hoker, Elke, editor. *Narrative Unreliability in the Twentieth-century First-person Novel*. Walter de Gruyter, 2008.

Eaglestone, Robert. *The Broken Voice: Reading Post-Holocaust Literature*. Oxford UP, 2017.

——. "The Past." *The Routledge Companion to Twenty-First Century Literary Fiction*, edited by Daniel O'Gorman and Robert Eaglestone, Routledge, 2018, pp. 311-20.

Euben, J. Peter. "The Butler Did It." *Naming Evil, Judging Evil*, edited by Ruth W. Grant, U of Chicago P, 2008, pp. 103-20.

Fluet, Lisa. "Immaterial Labors: Ishiguro, Class, and Affect." *Novel*. vol. 40, no. 3, 2007, pp. 265-88.

Groes, Sebastian, and Barry Lewis, editors. *Kazuo Ishiguro: New Critical Visions of the Novels*. Palgrave, 2011.

Jaggi, Maya. "Dreams of Freedom." *Guardian*, 29 April 1995, p. 28.

Lewis, Barry. *Kazuo Ishiguro*. Manchester UP, 2000.

——. "The Concertina Effect: Unfolding Kazuo Ishiguro's *Never Let Me Go*." *Kazuo Ishiguro: New Critical Visions of the Novels*, edited by Sebastian Groes and Barry Lewis, Palgrave, 2011, pp. 199-210.

Lochner, Liani. "'This is What We're Supposed to be Doing, Isn't It?': Scientific Discourse in Kazuo Ishiguro's *Never Let Me Go*." *Kazuo Ishiguro: New Critical Visions of the Novels*, edited by Sebastian Groes and Barry Lewis, Palgrave, 2011, pp. 225-35.

Mackenzie, Susie. "Between Two Worlds." *Guardian*, 25 March 2000, https://www.theguardian.com/books/2000/mar/25/fiction.bookerprize2000.

Matthews, Sean, and Sebastian Groes, editors. *Kazuo Ishiguro: Contemporary Critical Perspectives*. Continuum, 2009.

McGowan, John. "SUFFICIENT UNTO THE DAY: Reflections on Evil and Responsibility Prompted by Hannah Arendt and Kazuo Ishiguro." *Soundings: An Interdisciplinary Journal*, vol. 91, no. 3/4 , Fall/Winter 2008, pp. 229-54.

Meyler, Bernadette. "Aesthetic Historiography: Allegory, Monument, and Oblivion in Kazuo Ishiguro's *The Buried Giant*." *Critical Analysis of Law*, vol. 5, no. 2, 2018, pp. 243-58.

Miller, Laura. "Dragons Aside, Ishiguro's 'Buried Giant' Is Not a Fantasy Novel." *Salon*, 2 March 2015, https://www.salon.

com/2015/03/02/dragons_aside_ishiguros_buried_giant_is_not_a_fantasy_novel/.
Phelan, James and Mary Patricia Martin, “The Lessons of ‘Weymouth’: Homodiegesis, Unreliability, Ethics, and *The Remains of the Day*.” *Narratologies*, edited by David Herman, Ohio State UP, 1999, pp. 88-110.
Robbins, Bruce. *The Beneficiary*. Duke UP, 2017.
——. *Upward Mobility and the Common Good: Toward a Literary History of the Welfare State*. Princeton UP, 2007.
Rushdie, Salman. “What the Butler Did Not See.” *The Observer*, May 21, 1989, p. 53.（「執事が見なかったもの」小野寺健訳、丸谷才一編著『ロンドンで本を読む――最高の書評による読書案内』光文社、二〇〇七年、七〇―七五頁）
Shaffer, Brian. *Understanding Kazuo Ishiguro*. U of South Carolina P, 1998.
Sim, Wai-chew. *Kazuo Ishiguro*. Routledge, 2010.
Stacy, Ivan. “Looking Out into the Fog: Narrative, Historical Responsibility, and the Problem of Freedom in Kazuo Ishiguro’s *The Buried Giant*.” *Textual Practice*, vol. 35, no. 1, 2021, pp. 109-28.
——. *The Complicit Text: Failures of Witnessing in Postwar Fiction*. Lexington Books, 2021.
Suter, Rebecca. *Two-World Literature: Kazuo Ishiguro’s Early Novels*. U of Hawaii P, 2020.
Walkowitz, Rebecca. “Unimaginable Largeness: Kazuo Ishiguro, Translation, and the New World Literature.” *Novel*, vol. 40, no. 3, 2007, pp. 216-39.
Wall, Kathleen. “*The Remains of the Day* and its Challenges to Theories of Unreliable Narration.” *Journal of Narrative Technique*, vol. 24, no. 1, 1994, pp. 18-42.
Whitehead, Anne. *Medicine and Empathy in Contemporary British Fiction: An Intervention in Medical Humanities*. Edinburgh UP, 2017.
Wong, Cynthia F. *Kazuo Ishiguro*. second edition. Northcote House, 2005.
麻生えりか「未刊行の初期長編「長崎から逃れて」――カズオ・イシグロの描く原爆」、田尻芳樹・秦邦生編『カズオ・イシグロと日本――幽霊から戦争責任まで』水声社、二〇二〇年、九五―一一六頁。

イーグルストン、ロバート「公共の秘密」金内亮訳、田尻芳樹・三村尚央編『カズオ・イシグロ『わたしを離さないで』を読む――ケアからホロコーストまで』水声社、二〇一八年、一一六―一四四頁。

池園宏「カズオ・イシグロ文学における老いの表象――近年の長編小説を中心に」、イギリス小説読書研究会編『英語圏小説と老い』開文社出版、二〇二〇年、二二五―二六四頁。

――「芸術と家族を巡る葛藤――『浮世の画家』における主従関係」、荘中孝之・三村尚央・森川慎也編『カズオ・イシグロの視線――記憶・想像・郷愁』作品社、二〇一八年、三三五―六六頁。

伊藤盡「生き埋めにされた伝説――ヒストリーとストーリーの狭間のイングランド黎明奇譚」、『ユリイカ』二〇一七年一二月号（特集：カズオ・イシグロの世界）、一〇三―一一三頁。

ウォルコウィッツ、レベッカ「イシグロの背信」井上博之訳、田尻芳樹・秦邦生編『カズオ・イシグロと日本――幽霊から戦争責任まで』水声社、二〇二〇年、二二三―七五頁。

岡本広毅・小宮真樹子編『いかにしてアーサー王は日本で受容されサブカルチャー界に君臨したか――変容する中世騎士道物語』みずき書林、二〇一九年。

小川公代「文学における怒り――アーサー王伝説から『進撃の巨人』まで」、『文藝』二〇二二年夏号、一三四―一四六頁。

加藤めぐみ「幻のゴースト・プロジェクト――イシグロ、長崎、円山応挙」、田尻芳樹・秦邦生編『カズオ・イシグロと日本――幽霊から戦争責任まで』水声社、二〇二〇年、一一七―一四四頁。

金子幸男「執事、風景、カントリーハウスの黄昏――『日の名残り』におけるホームとイングリッシュネス」、荘中孝之・三村尚央・森川慎也編『カズオ・イシグロの視線――記憶・想像・郷愁』作品社、二〇一八年、二二九―二五四頁。

向後恵里子「画家の語り――『浮世の画家』における忘却の裂け目」、『ユリイカ』二〇一七年一二月号（特集：カズオ・イシグロの世界）、一四七―一五七頁。

河野真太郎『新しい声を聞くぼくたち』講談社、二〇二二年。

齋藤兆史「『日の名残り』というテクストのからくり」、荘中孝之・三村尚央・森川慎也編『カズオ・イシグロの視線――記憶・想像・郷愁』作品社、二〇一八年、六七―八七頁。

サレイ、マイケル「イシグロの名声」奥畑豊訳、田尻芳樹・秦邦生編『カズオ・イシグロと日本――幽霊から戦争責任まで』水声社、二〇二〇年、一九四―二二〇頁。

荘中孝之『カズオ・イシグロ――〈日本〉と〈イギリス〉の間から』春風社、二〇一〇年。

――「カズオ・イシグロの作品にみられる不気味で大きな家」、『Sell』第三一号、京都外国語大学、二〇一五年、七九―九二頁。

――「看る／看られることの不安――高齢者介護小説として読む『わたしを離さないで』」、田尻芳樹・三村尚央編『カズオ・イシグロ『わたしを離さないで』を読む――ケアからホロコーストまで』水声社、二〇一八年、一六九―一八二頁。

荘中孝之・三村尚央・森川慎也編『カズオ・イシグロの視線――記憶・想像・郷愁』作品社、二〇一八年。

秦邦生「「羨む者たち」の共同体――『わたしを離さないで』における嫉妬、羨望、愛」、田尻芳樹・三村尚央編『カズオ・イシグロ『わたしを離さないで』を読む――ケアからホロコーストまで』水声社、二〇一八年、一九七―二一一頁。

――「カズオ・イシグロ『日の名残り』とマーチャント・アイヴォリー映画再考」、小川公代・吉村和明編『文学とアダプテーションII――ヨーロッパの古典を読む』春風社、二〇二一年、一九九―二二三頁。

――「サルマン・ルシュディ『真夜中の子供たち』（一九八一）――ポストモダン／ポストコロニアルの異国性とノスタルジア」、高橋和久・丹治愛編『二〇世紀「英国」小説の展開』松柏社、二〇二〇年、三四四―三六六頁。

――「自己欺瞞とその反復――黒澤明、プルースト、『浮世の画家』」、田尻芳樹・秦邦生編『カズオ・イシグロと日本――幽霊から戦争責任まで』水声社、二〇二〇年、二二一―二四二頁。

スーター、レベッカ「「蜘蛛であること」――カズオ・イシグロの二世界文学」与良美佐子訳、田尻芳樹・秦邦生編『カズオ・イシグロと日本――幽霊から戦争責任まで』水声社、二〇二〇年、二七四―二九六頁。

菅野素子「フィルムのない映画――吉田喜重による『女たちの遠い夏』」、田尻芳樹・秦邦生編『カズオ・イシグロと日本――幽霊から戦争責任まで』水声社、二〇二〇年、一四五―一六七頁。

高村峰生「水につなぎ留められた反響――カズオ・イシグロ『わたしを離さないで』における記憶の揺曳」、『ユリイカ』二〇一七年一二月号（特集：カズオ・イシグロの世界）、一八六―一九六頁。

武田将明「カズオ・イシグロ『充たされざる者』（一九九五年）――疑似古典主義の詩学」、高橋和久・丹治愛編『二〇世紀「英国」小説の展開』松柏社、二〇二〇年、四六三―四八七頁。

武富利亜「カズオ・イシグロの小説に描かれる「川」についての考察――『遠い山なみの光』を中心に」、『比較文化研究』第一三九号、日本比較文化学会、二〇二〇年、一二三―一三二頁。

田尻芳樹「『浮世の画家』を歴史とともに読む」、田尻芳樹・秦邦生編『カズオ・イシグロと日本――幽霊から戦争責任まで』水声社、二〇二〇年、一六八―一九三頁。

――「『わたしを離さないで』におけるリベラル・ヒューマニズム批判」、田尻芳樹・三村尚央編『カズオ・イシグロ『わたしを離さないで』を読む――ケアからホロコーストまで』水声社、二〇一八年、二二八―二四〇頁。

田尻芳樹・秦邦生編『カズオ・イシグロと日本――幽霊から戦争責任まで』水声社、二〇二〇年。

田尻芳樹・三村尚央編『カズオ・イシグロ『わたしを離さないで』を読む――ケアからホロコーストまで』水声社、二〇一八年。

田多良俊樹「語り手はもう死んでいる――カズオ・イシグロ「ある家族の夕餉」の怪奇性」、東雅夫・下楠昌哉編『幻想と怪奇の英文学Ⅳ　変幻自在編』春風社、二〇二〇年、二七二―二九四頁。

ドゥロンク、ヴォイチェフ『カズオ・イシグロ　失われたものへの再訪――記憶・トラウマ・ノスタルジア』三村尚央訳、水声社、二〇二〇年。

中島京子「笑いと音楽と救い」、カズオ・イシグロ『夜想曲集――音楽と夕暮れをめぐる五つの物語』土屋政雄訳、ハヤカワepi文庫、二〇一一年、三一三―三一九頁。

長柄裕美「「愛は死を相殺することができる」のか――『忘れられた巨人』から『わたしを離さないで』を振り返る」、

荘中孝之・三村尚央・森川慎也編『カズオ・イシグロの視線――記憶・想像・郷愁』作品社、二〇一八年、一三五―一五六頁。

日吉信貴『カズオ・イシグロ入門』立東舎、二〇一七年。

平井杏子『カズオ・イシグロの長崎』長崎文献社、二〇一八年。

保坂和志『言葉の外へ』河出文庫、二〇一二年。

ホワイトヘッド、アン『記憶をめぐる人文学』三村尚央訳、彩流社、二〇一七年。

――「気づかいをもって書く」三村尚央訳、田尻芳樹・三村尚央編『カズオ・イシグロ『わたしを離さないで』を読む――ケアからホロコーストまで』水声社、二〇一八年、一六九―一八二頁。

松宮園子「『わたしを離さないで』における「凡庸な悪」」『英文学論叢』第六二号、二〇一八年、六六―八四頁。

三村尚央「イシグロはどのように書いているか――イシグロのアーカイブ調査から分かること」、田尻芳樹・三村尚央編『カズオ・イシグロ『わたしを離さないで』を読む――ケアからホロコーストまで』水声社、二〇一八年、二八九―二九五頁。

――『記憶と人文学――忘却から身体・場所・もの語り、そして再構築へ』小鳥遊書房、二〇二一年。

村上春樹「カズオ・イシグロのような同時代作家を持つこと」、『雑文集』新潮社、二〇一一年、二九二―二九五頁。

――「カズオ・イシグロを讃える」、カズオ・イシグロ『日の名残り ノーベル賞記念版』土屋政雄訳、早川書房、二〇一八年、三一三―三二二頁。

森川慎也「カズオ・イシグロの運命観」、荘中孝之・三村尚央・森川慎也編『カズオ・イシグロの視線――記憶・想像・郷愁』作品社、二〇一八年、二七五―三〇七頁。

――「祖父と父からイシグロが受け継いだもの」、『北海学園大学人文論集』第六九号、二〇二〇年、七五―九五頁。

ロッジ、デイヴィッド『小説の技巧』柴田元幸・斎藤兆史訳、白水社、一九九七年。

ロビンズ、ブルース「薄情ではいけない――『わたしを離さないで』における凡庸さと身近なもの」日吉信貴訳、田尻芳樹・三村尚央編『カズオ・イシグロ『わたしを離さないで』を読む――ケアからホロコーストまで』水声社、一八三―一九六頁。

◉文学理論、思想、その他関連文献

Boym, Svetlana. *The Future of Nostalgia*. Basic Books, 2002.
Bradshaw, Peter. "Living review – Bill Nighy tackles life and death in exquisitely sad drama." *The Guardian*, Fri 21 Jan. 2022, https://www.theguardian.com/film/2022/jan/21/living-bill-night-kurosawa-ikiru-remake.
Hirsch, Marianne. *The Generation of Postmemory: Writing and Visual Culture after the Holocaust*. Columbia UP, 2012.
Rothberg, Michael. *Multidirectional Memory: Remembering the Holocaust in the Age of Decolonization*. Stanford UP, 2009.
——. *The Implicated Subject: Beyond Victims and Perpetrators*. Stanford UP, 2019.
Stewart, Susan. *On Longing*. Duke UP, 1993.
ウォルコウィッツ、レベッカ『生まれつき翻訳——世界文学時代の現代小説』佐藤元状・吉田恭子・田尻芳樹・秦邦生訳、松籟社、二〇二一年。
遠藤健一『物語論序説——〈私〉の物語と物語の〈私〉』松柏社、二〇二一年。
小川公代『ケアの倫理とエンパワメント』講談社、二〇二一年。
ジュネット、ジェラール『物語のディスクール——方法論の試み』花輪光・和泉涼一訳、水声社、一九八五年。
白井カイウ原作・出水ぽすか作画『約束のネバーランド』（全二〇巻）集英社、二〇一六―二〇二〇年。
——『シークレットバイブル 約束のネバーランド 0 MYSTIC CODE』集英社、二〇二〇年。
高橋和久・丹治愛編『二〇世紀「英国」小説の展開』松柏社、二〇二〇年。
戸田慧『英米文学者と読む『約束のネバーランド』』集英社新書、二〇二〇年。
ド・マン、ポール『盲目と洞察』宮﨑裕助・木内久美子訳、月曜社、二〇一二年。
バリー、ピーター『文学理論講義——新しいスタンダード』高橋和久監訳、ミネルヴァ書房、二〇一四年。
バルト、ロラン『表徴の帝国』宗左近訳、ちくま学芸文庫、一九九六年。

ブース、ウェイン・C『フィクションの修辞学』米本弘一・服部典之・渡辺克昭訳、水声社、一九九一年。

モル、アネマリー『ケアのロジック――選択は患者のためになるか』田口陽子・浜田明範訳、水声社、二〇二〇年。

リクール、ポール『時間と物語』(全三巻)久米博訳、新曜社、二〇〇四年。

――『記憶・歴史・忘却』(上下巻)久米博訳、新曜社、二〇〇四年。

終わりに向かって——あとがきにかえて

イシグロ作品には常に何らかの「終わりの感覚」(the sense of an ending) が漂っている、というのは言い過ぎだろうか。いつかは終わりが来るのだという、そこはかとない諦念の気配である。それを無常という、日本を連想させる概念と関連づける論者もいる。『浮世の画家』や『日の名残り』、あるいは『忘れられた巨人』のように老年期にさしかかった人物が主人公の作品だけでなく、たとえば『わたしを離さないで』のキャシーも三〇代にして人生の晩年期に入っている。彼女は、トミーが使命を終えた後にノーフォークへと向かい、車を停めて当てもなく近隣を歩き回る。やがて柵で仕切られた広大な耕地へとたどり着くが、彼女はそこを越えることなく (柵の向こうにある肥沃な畑は彼女の境遇と対照をなすかのようである)、束の間トミーの姿を夢想した後に、自分の「行くべきところ」(wherever it was I was supposed to be) (282 四三九) へと戻ってゆく。

イシグロ作品の人物たちの「もの分かりのよさ」に疑問や不満を抱く読者もたしかにいるだろう。端的なものとしては『わたしを離さないで』のクローンたちに対する、車を使うことができながらなぜ逃げないのか、という疑念である。そしてこのような食い違いの一因は、逃げた先に見えているものの違いだと言ってもよいだろう。イシグロにとって、あらゆるものから逃げた先にあるのは少なくとも自由ではない。彼にとっての最終的な限界線とは、おそらく「死」[1]と「忘却」なのだから。

自分の過去と向き合い続けてきた語り手たちは、最終的に自分に残された未来へと目を向けるようになる。ロンドンへ帰る娘のニキを見送る悦子や、ベンチに座って若者への期待の言葉を述べる小野、新たなアメリカ人雇い主のためにジョークの練習を決意するスティーブンス、そして次のリサイタルの地であるヘルシンキに思いを馳《は》せるライダーの姿は、過去と決別する劇的な転換というよりも、都合のよい現実逃避的な楽観主義にすぎないかもしれない。あるいは、すべての希望が潰《つい》えた後に、キャシーとトミーが最後に静かに過ごす時間や、アクセルとベアトリスにとっての「一番大切に思っている記憶」に目を向けてもよいだろう。そのような些細なものすら希望の輝きに感じられてしまうほどの深い闇や絶望が作品の外側を取り巻いていることを我々に思い起こさせる。それはイシグロのノーベル文学賞の授賞理由にもある、我々の足元に広がる「奈落」（abyss）とも関わっている。

奇跡的な逆転やドラマチックな展開がほとんど感じられず、「イシグロの何が面白いのか分からない」という意見もあるだろうが、書かれていることだけでなく、直接には書かれていないことへの想像力を動員することで読み手の感度が引き上げられる面があることも強調しておきたい。「なぜ彼の物語に深く感動する人がいるのか」と問うことで、自分の認識をかたどっている枠組《フレーム》あるいは視野《パースペクティブ》に目を向け、場合によってはそれを修正する機会ともなるだろう。もちろんそれは、多くの名作と呼ばれる作品にも当てはまる見解である。もしくは、その構造を明確に把握した上で、イシグロの作品やそれらを生み出す彼の視野の限界を示すことで生まれる読解の可能性もあるだろう。そのような意味では、「イシグロの何が面白いのか分からない」という人にこそ彼の作品は常に開かれている、とさえ言えるかもしれない。我々は、自分とは考えも立場も異なる人々を意識（ケア）して、その言動や心情を想像し、共感することができる、というのが彼の作品の大きなテーマの一つなのだから。

イシグロはノーベル文学賞の受賞スピーチの結びで、世界は「多様」になるべきだと呼びかける。そして本書で検証してきたように、彼の作品群はその試みがどれほど困難であるかも示している。だがそれでもイシグロは、未知のものに触れて、耳を傾ける（listen）ことでそうした障壁

（1）　文芸作品における「老い」の表現を考察する「老年学《ジエロントロジー》」（gerontology）も近年活発になっている。論集『英語圏小説と老い』（イギリス小説読書研究会編、開文社出版、二〇二〇年）に収録の池園宏「カズオ・イシグロ文学における老いの表象――近年の長編小説を中心に」は、死に向かうプロセスとしての「老い」に付与された意味や意義をめぐって、『わたしたちが孤児だったころ』、『わたしを離さないで』、そして『忘れられた巨人』を取り上げて論じている。

(barriers)が打ち破られる可能性を捨ててはいない。彼は誰よりも世界の深淵に近づきながらも、これからも「大丈夫」と我々に呼びかけ続けてくれるだろう。イシグロが見つめるそのような領域に、本書が少しでも読者の目を向けることができていたなら本望である。

『クララとお日さま』について

本書はイシグロの作品世界について素描するものであるが、比較的最近に出版された『クララとお日さま』については、これから読むという方も多いであろうことを考慮して核心的なところのいくつかには触れていない。とはいうものの、読者によっては「その記述、ネタバレしてるのとほとんど同じ」と思われるところもあるかもしれない。現段階でのイシグロの作品世界を可能な限り明らかにしておきたいという解説書としての方針ゆえご容赦いただければと思う。そして他の作品たちと同様に『クララとお日さま』も、物語のすべてが明らかになった後に読み直すことで、より深く、多様に愉《たの》しめる作品であることも付け加えておく。

その助けとして、『クララとお日さま』について日本語で読める書評にはたとえば次のようなものがある。小野正嗣「想像力を灯火に　イシグロの「他者になれる力」」(『朝日新聞デジタル』二〇二一年三月三一日付)、石田英敬「ディストピア文学の警鐘(1)　カズオ・イシグロ『クララとお日さま』　壊れる心支える人工親友」(『日本経済新聞』二〇二一年四月七日付)、文芸雑誌『すばる』(二〇二一年六月号)での小川公代による『クララとお日さま』書評(書評サイトAll Reviewsに再掲)。

イシグロはインタビューや対談も積極的に受け入れており、オンラインでのライブ・イベントとして公開されたこともあった（その中には、小説家となった娘のナオミ・イシグロと対話するという興味深いものも）。『クララとお日さま』に関するものでは、「科学が生む残酷な不平等　カズオ・イシグロ氏に新作聞く」（『日経新聞』二〇二一年三月二日付）や「カズオ・イシグロ語る「感情優先社会」の危うさ　事実より「何を感じるか」が大事だとどうなるか」（『東洋経済ONLINE』二〇二一年三月四日付）がある。雑誌『三田文学』（二〇二一年春期号）での河内恵子によるまとまったインタビューでは、『クララとお日さま』のテーマやそれまでの作品との関わり、また社会情勢に対するイシグロの見解まで引き出されており貴重である。また『朝日新聞』論説委員の郷富佐子による「(日曜に想う) フィクションと科学が交わる時」（二〇二一年六月一三日付）で紹介されている、イタリアの若手作家パオロ・ジョルダーノとの対談では、「科学的真実と感情的真実をめぐる作家の葛藤」について熱く語り合っている。

イシグロの「変わること」と「変わらないこと」

『クララとお日さま』では人が変わってゆくことと、その中でも変わらないものが主題の一つとなっているが、同様のことはイシグロ自身にも言える。彼の作品がいつも奇妙な既視感（いわゆる「イシグロらしさ」）をもたらしてくれることは始めに述べたが、実はそれが常に新しい形式およびジャンルの物語によってもたらされ続けていることは驚異と言うほかない。

本書冒頭では、イシグロを巨大な壁画を根気強く描き続ける画家にたとえる村上春樹の言葉を紹介したが、村上はその後二〇一八年にもイシグロの創作作法に言及している。「おそらく彼は「小説スタイル」というものに、その成立の仕方の多種多様な可能性に、とても強く心を惹かれ続けている」（「カズオ・イシグロを讃える」、三二一）と指摘した上で、様々な小説スタイルを試すようにそこへ自分の物語を詰め込んでゆくイシグロのスタイルを「ヤドカリ戦法」（三二一）と、これまた村上らしい比喩で形容している。それはイシグロが以前（二〇〇一年）に述べていた、「自分の声をアップデートしつづけないといけない」（柴田、二二二）、という試みが続けられていることの証左でもある。異なったスタイルに挑みながら自分の物語を紡《つむ》ぎ続けるという意味では、イシグロは「同工異曲」を最も厳格な意味で実践し続ける作家の一人と言ってもよいのではないだろうか。

本書の振り返りと、さらなる拡張のための文献紹介

本書は個々の長篇ごとの主題（第Ⅰ部）と、複数の作品にわたって見いだせるモチーフ（第Ⅱ部）とを通じて、読者各氏がイシグロの世界を逍遙《しょうよう》するためのガイドとなることを目指した。その記述は多くの先人の議論や読解の成果を私なりにまとめたものであり、現段階でのイシグロ研究への入口として、それなりの見晴らし――登山で言えば五合目から六合目くらいだろうか？――を提示できていればとも願うが、その先の七合目から八合目、あるいはさらなる高みへと歩みを進めたい方は本書内で参照した文献にも直接当たっていただければと思う。近年は個別の作品のテーマや叙述構造の分析とともに、彼の作品群に共通して見られる主題の検証へと拡張するものが中心となっていることが見て取れるだろう（本書のコンセプトもその顰《ひそ》みに倣《なら》ったものである）。各々の作

品が、常にその外側との関わり（たとえばレベッカ・スーターがイシグロの「二世界文学」（two-world literature）と呼ぶ性質）を持っており、特にイシグロの場合はテクストとそこに直接言表されないものとのつながりが重要であることは本書でも繰り返し触れてきた。最近のものでは、二〇二一年に出版されたピーター・スローンの『カズオ・イシグロの身振りの詩学』（Peter Sloane, *Kazuo Ishiguro's Gestural Poetics*）が、直接には語りたくない、あるいは語りえないことを指し示す「身振り」（gesture）の作法にあらためて着目して作品の読み直しを図っている。またすでに紹介した学術雑誌『モダン・フィクション・スタディーズ』（*Modern Fiction Studies*）は二〇二一年に「ノーベル賞後のイシグロ」（Ishiguro After the Nobel）と題した特集を組んでいる。

こうした成果は、イシグロへのインタビューも含めて主に公刊された記述をもとにして積み上げられてきたものであるが、その一方で、これまで表には出てこなかった草稿群（二〇一五年にハリー・ランサム・センターへと委譲）にもとづいた作品の生成プロセスに目を向ける研究も近年活発となっている。イシグロの試行錯誤を示す生々しい思索の跡を既刊の作品へと重ね合わせることで新たな面を浮かびあがらせるその成果は、先述の『モダン・フィクション・スタディーズ』誌にも収められているが、先鞭は日本の研究者がつけていることも強調しておきたい。

二〇一八年の『カズオ・イシグロ『わたしを離さないで』を読む――ケアからホロコーストまで』ではアーカイブと草稿の一端を紹介する記事が付論としてまとめられている。またその後二〇二〇年に出版された『カズオ・イシグロと日本――幽霊から戦争責任まで』には、より本格的な調査にもとづく論考が収録されており、その一つである麻生えりか論考は本書での原爆の記憶についての項目でも参照した。[2] これらの資料からは、同書共編者の秦邦生による「あとがき」で示される通り、実際には作品化されることのなかった構想群を通じて、作品の表面からは拭い取られたイシグロの思考と試行の軌跡を見て取ることができる（秦はそれをイシグロの「不在としての日本」（三一六）と呼ぶ）。

またこの論集に収められた論考からは、イシグロ自身がしばしばインタビューで言及していた映画との深い関わりをうかがうことができる。菅野素子論考[3]は、実現しなかった吉田喜重による『遠い山なみの光』の映画化計画（仮題は翻訳書の旧題でもあった『女たちの遠い夏』）に深く斬り込んで、イシグロ作品研究の新たな方向性を提示している。最終的には頓挫してしまったものの、その直前まで準備された脚本の最終版や詳細な撮影計画がアーカイブには残されている。脚本の第一稿から第三稿までの変遷を詳細に追う菅野の考察は、当初は小説版の主題である母親の罪悪感が中心になっていたが、次第に（原作では背景に置かれていた）原爆による被爆という主題が加筆されていった過程を鮮やかに可視化している。こうした調査は、吉田が広島の原爆を題材にして後に制作した『鏡の女たち』と、このありえた映画版『遠い山なみの光』との関連性（菅野は「実現しなかった『女たちの遠い夏』の姉妹編」（二四五）と位置づける）も含めて、イシグロ作品のアダプテーション[4]研究の可能性をひらくものだと言えるだろう。

また同じくこの論集に収められている秦論考[5]は、日本映画の中でもイシグロ自身が頻繁に言及していた小津安二郎や成瀬巳喜男ではなく、黒澤明とのつながりを考察するものである。黒澤の『羅生門』がイシグロの小説技法に与えた影響を「自己欺瞞」と「反復」という観点から（プルーストにも関連づけながら）論じる先鋭的な議論であるが、その論点はイシグロが後に黒澤の『生きる』のリメイク版[6]の脚本を担当したという事実にも補強されている。秦は別の論考[7]でもアーカイブ調査にもとづいて『日の名残り』の映画版（マーチャント・アイヴォリー監督、ルース・ジャブヴァー

(2)　このアーカイブにはイシグロの生い立ちを知るための資料も収められている。森川慎也「祖父と父からイシグロが受け継いだもの」（『北海学園大学人文論集』第六九号、二〇二〇年、七五―九五頁）はイシグロの祖父や父が過ごしていた上海に関するアーカイブ資料にもとづきながら、作品世界の成り立ちの一端を考察している。

(3)　菅野素子「フィルムのない映画――吉田喜重による『女たちの遠い夏』」、田尻芳樹・秦邦生編『カズオ・イシグロと日本――幽霊から戦争責任まで』水声社、二〇二〇年、一四五―一六七頁。

(4)　たとえば『わたしを離さないで』の映画版や蜷川幸雄による舞台版およびＴＢＳ制作のＴＶドラマ版、あるいは『夜想曲集』の舞台版や、ＮＨＫによる『浮世の画家』のドラマ版も含められるだろう。

(5)　秦邦生「自己欺瞞とその反復――黒澤明、プルースト、『浮世の画家』」、『カズオ・イシグロと日本』、二二一―二四二頁。

(6)　ロンドンを舞台にビル・ナイ主演で制作されて、二〇二二年一月のサンダンス映画祭でプレミア公開されている。以下のガーディアン誌の記事を参照。日本では二〇二三年三月に公開予定。Peter Bradshaw, "Living review – Bill Nighy tackles life and death in exquisitely sad drama," *The Guardian*, Fri 21 Jan. 2022.

(7)　秦邦生「カズオ・イシグロ『日の名残り』とマーチャント・アイヴォリー映画再考」、小川公代・吉村和明編『文学とアダプテーションII――ヨーロッパの古典を読む』春風社、二〇二一年、一九九―二二三頁。秦はこの改変が可能だった一因として、映画の脚本が当初はユダヤ系であるハロルド・ピンターによって書き始められたことを挙げている。

ラ脚本、一九九三年）の成立過程を検証し、小説版ではあいまいな描写にとどまるユダヤ人召使が、映画版では当時のイギリスで増加していたユダヤ人難民の表象を明示するものに修正されていることの意義を析出している。

これらの研究成果は、イシグロの作品世界のより深い成り立ちを明らかにするとともに、作品外の世界とのつながりにも我々の目を向けさせてくれるだろう。広い視野を持った論者たちによるさらなる考察が楽しみな分野である。

イシグロは物語の役割とは「感情を伝えること」（『特急二十世紀』、八三）だとノーベル文学賞の受賞スピーチで述べているが、文芸作品に描かれる感情について小川公代は「怒り」に焦点を当てて、イシグロの『忘れられた巨人』も例に挙げながら広範にまとめている。(8) この作品が「倫理的、心理的」な小説であるというローラ・ミラーの見解を紹介して、(9) サクソン人であるウィスタンがアクセルたちブリトン人への「怒り」を抱いており、その民族的な遺恨を少年エドウィンにも継承させようとする点を小川は強調する。そして忘却の霧を吐き出す雌竜を退治して、埋められていた記憶を取り戻すことが、加害者側と被害者側の間の断絶を即座に解消するのではなく、新たな折衝の始まりとなる物語の結末を取り上げている。本書でも取り上げた「ケア」の概念とともに、文学研究においても近年注目される「感情の歴史」(10) とも関連づけながら検証してゆきたい注目のテーマである。

＊＊＊

さまざまなご縁と巡り合わせのおかげで本書を何とかまとめることができた。ここにいたるまでの、少し個人的な事情と感謝を記すことをお許しいただきたい。大きなものには、二〇一四年に東京大学で開催されたカズオ・イシグロ国際学会と、それをきっかけに始まったカズオ・イシグロ研究会があった。(11) 特にイシグロ研究会は意見を交換したり、進行中の研究内容を報告して(鋭くも温かい)意見をもらえたりする場として、私にとって大切な場であり、そこで得られたものは本書の記述にも反映されている。この場を借りて、あらためて研究会の皆さんに御礼を申し上げる。

そもそも筆者がイシグロの研究に足を踏み入れたのは一九九九年頃だった。とある作家(今となっては明記するのも恥ずかしい)の研究を深めるつもりで、イギリスの大学に一年ほど身を置くことにしたのだが、それが早い段階で挫折してしまい、残りの期間をどう過ごそうかと迷いながら入ったバーミンガムの街中《まちなか》の本屋(Dhillon's という名だったか)で、当時出たばかりのブライアン・

(8) 小川公代「文学における怒り――アーサー王伝説から『進撃の巨人』まで」、『文藝』二〇二一年夏号、一三四―一四六頁。
(9) Laura Miller, "Dragons Aside, Ishiguro's 'Buried Giant' Is Not a Fantasy Novel," *Salon*, 2 March 2015
(10) たとえばバーバラ・ローゼンワイン、リッカルド・クリスティアーニ『感情史とは何か』(伊藤剛史・森田直子・小田原琳・舘葉月訳、岩波書店、二〇二一年)、ヤン・プランパー『感情史の始まり』(森田直子訳、みすず書房、二〇二〇年)、伊藤剛史・後藤はる美編『痛みと感情のイギリス史』(東京外国語大学出版会、二〇一七年)など。
(11) それぞれの経緯は『カズオ・イシグロ『わたしを離さないで』を読む』の田尻芳樹による「まえがき」と、『カズオ・イシグロの視線』の荘中孝之による「あとがき」に詳しい。

シャファーの『カズオ・イシグロを知る』（Brian Shaffer, *Understanding Kazuo Ishiguro*）を見かけたことは何かの縁だったと、今振り返ると（hindsight）言えるかもしれない。存命の現代作家の研究書が出ていることに驚いて（当時の日本ではまだまだ珍しかったと思う）、せっかくだからと、そこに挙げられていた雑誌論文やインタビュー資料、新聞のマイクロフィルムを大学図書館でせっせと複写《コピー》して集める（ウェブ上のPDFを落とす、なんてない時代だったので）という、自分なりに文学研究者の真似事を始めたのがきっかけだった。我ながら軽率だったなと振り返って思う。イシグロの最新作が『充たされざる者』だった頃で、視野《パースペクティブ》の広い人ならきっと恐ろしくて立ち入らなかっただろう。だが沼はそこから始まった。

日本に戻ってからも自分なりに論文をまとめたりしていたが、イシグロ研究の標準《スタンダード》など、まだ確立したものもなく、すべてが手探りだった。大学院で当時お世話になっていたイギリス文学の先生方は、専門はディケンズとシェイクスピアだったが、現代作家のイシグロにも関心を示してくれて、論文の記述など丁寧に見てくださったことには今でも感謝している。植木研介先生と、その後若くして鬼籍に入った中村裕英先生に本書を捧げたい。

幸運な偶然が積み重なって、思えばそれなりに長くイシグロ研究に関わっているが、その間にイシグロだけでなく文学研究の方法や環境も大きく変わった。これからイシグロについて調べようとする人が、私のような行き当たりばったりの手探りや、ダラダラとした遠回りをする必要はないと思うので、本書を足場としてご自身のイシグロ探究の裾野を効率的に拡げてゆき、私には手の届かない領域での成果を読ませてもらえるのを楽しみにしている。本書はカズオ・イシグロに関心を持つ人に向けて、押さえておくとよい点を列挙しているが、紙幅や論旨の展開の関係で触れられなかった文献や項目も多々あるので、「あれに触れてないじゃないか」という点は、各氏がイシグロについてまとめるきっかけとされるとよいと思うし、そのような形でのイシグロ・サークルの広がりも見てみたい。

イシグロ関係の本でお世話になっている水声社の小泉直哉氏には、今回も適切な職人仕事でたくさん助けていただいた。「イシグロの作品世界のガイドになるような本をまとめたい」という話をしてから、結局二年くらいかかってしまったが、辛抱強くお待ちいただいたうえに、本の構成から表記の修正まで、私の雑駁な原稿をこのような立派な体裁の本に整えていただいたことに重ねて御礼申し上げます。

イギリス行きも含めて学生時代を支えてくれた両親と、いつもマイペースな私を適度に見守ってくれている家族にも感謝を。今回の本について家族からは「またイシグロ？」と（やや呆れ気味に）言われてしまったのだけれど、私としてはこれからも続ける意味でも「まだイシグロ」だし、詰め切れなかったところもあるので「まだまだイシグロ」という気持ちだなと自覚したところで、今はひとまず終えたいと思う。

A Pale View of Hills 出版から四〇年目でもある二〇二二年九月

著者

著者について——

三村尚央（みむらたかひろ）　一九七四年、広島県に生まれる。広島大学大学院文学研究科博士課程後期修了。千葉工業大学教授（イギリス文学、記憶研究（Memory Studies））。
主な著書に、『英米文学を読み継ぐ——歴史・階級・ジェンダー・エスニシティの視点から』（共著、開文社出版、二〇一二年）、『カズオ・イシグロの視線——記憶・想像・郷愁』（共編著、作品社、二〇一八年）、『カズオ・イシグロ『わたしを離さないで』を読む——ケアからホロコーストまで』（共編著、水声社、二〇一八年）、『カズオ・イシグロと日本——幽霊から戦争責任まで』（共著、水声社、二〇二〇年）、『記憶と人文学——忘却から身体・場所・もの語り、そして再構築へ』（小鳥遊書房、二〇二一年）、訳書に、アン・ホワイトヘッド『記憶をめぐる人文学』（彩流社、二〇一七年）、ヴォイチェフ・ドゥロンク『カズオ・イシグロ　失われたものへの再訪——記憶・トラウマ・ノスタルジア』（水声社、二〇二〇年）などがある。

カズオ・イシグロを読む

二〇二二年一〇月二〇日第一版第一刷印刷　二〇二二年一〇月三一日第一版第一刷発行

著者――三村尚央

装幀者――宗利淳一
発行者――鈴木宏
発行所――株式会社水声社
東京都文京区小石川二―七―五　郵便番号一一二―〇〇〇二
電話〇三―三八一八―六〇四〇　FAX〇三―三八一八―二四三七
［編集部］横浜市港北区新吉田東一―七七―一七　郵便番号二二三―〇〇五八
電話〇四五―七一七―五三五六　FAX〇四五―七一七―五三五七
郵便振替〇〇一八〇―四―六五四一〇〇
URL : http://www.suiseisha.net

印刷・製本――精興社

ISBN978-4-8010-0680-5